U0939265

红楼梦悟语

刘再复　著

CNS 湖南文艺出版社

图书在版编目（CIP）数据

红楼梦悟语 / 刘再复著 . -- 长沙 : 湖南文艺出版社，
2024.3
ISBN 978-7-5726-0452-2

Ⅰ . ①红… Ⅱ . ①刘… Ⅲ . ①《红楼梦》评论 Ⅳ .
① I207.411

中国版本图书馆 CIP 数据核字 (2021) 第 231993 号

红楼梦悟语

HONGLOUMENG WUYU

作　　者：刘再复
插　　图：戴敦邦
出 版 人：陈新文
责任编辑：吕苗莉　李　涓
责任校对：艾　宁
装帧设计：萧睿子

出　版：湖南文艺出版社
（湖南省长沙市东二环一段 508 号 邮编：410014）
网　址：www.hnwy.net
印　刷：湖南省众鑫印务有限公司
经　销：新华书店
开　本：787mm×1092mm　1/32
字　数：280 千字
印　张：17.25
版　次：2024 年 3 月第 1 版
印　次：2024 年 3 月第 1 次印刷
书　号：ISBN 978-7-5726-0452-2
定　价：88.00 元

红楼梦全图第六十二回 憨湘云醉眠芍药裀

让『红学』回归文学与哲学（代序）

到海外，无论是写作《漂流手记》十卷，还是写作《红楼四书》（《红楼梦悟》《共悟红楼》《红楼人三十种解读》《红楼哲学笔记》），首先确实是生命的需要：不讲述就不畅快，就没有明天。这之外的第二目的是想说明：中国有一部名为《红楼梦》的伟大小说。它是人类精神水准、审美水准的坐标，它与荷马史诗、希腊悲剧、但丁《神曲》、莎士比亚《哈姆雷特》、歌德《浮士德》、托尔斯泰《战争与和平》、陀思妥耶夫斯基《卡拉玛佐夫兄弟》等经典极品一样，可以标志人类文学的最高水平。为了说明这一点，我必须紧紧抓住并细读《红楼梦》文本，阐释其精神内涵与审美形式，把《红楼梦》研究从考古学、历史学、政治意识形态学那里拉回到文学，此项工作可称作“文学归位”。在精神价值领域中，我一直觉得文学体现广度，历史体现深度，而哲学则体现高度。因此，我又进入哲学，在哲学的制高点上观照《红楼梦》，以更好地把握《红楼梦》的精神内涵。以往虽然也有学者触及《红楼梦》的某些哲学内容，但似乎还未能从哲学高度上把握《红楼梦》的精神整体与精神之核。因为具有哲学视角，我便发现《红楼梦》是一部伟大的意象性心学，与王阳明的心学相通相似，但王的心学是论述性心学，而《红楼梦》则是形象性心学，形态完全不同。王阳明是哲学家的哲学，曹雪芹是艺术家的哲学。后者是类似盐化入水中而化入小说中的哲学。

为了把《红楼梦》研究的重心从考古学、历史学和政治意识形态学拉回文学与哲学，我借助禅宗，打破了“法执”，即打破研究方法上的已有格式，用悟证取代考证、实证与论证，淡化逻辑“法门”，强化直觉、直观的方式，用庄子（直觉）代替惠施（逻辑）。这样，在方法上首先赢得了一种解放，避免陷入封闭的概念系统中。在《红楼四书》中，我写了类似我国诗话、词话的六百则“悟语”（《红楼梦悟》中三百则，《红楼哲学笔记》中也有三百则）。这些悟语，明心见性，没有思辨过程，但力求击中要害，也力求每则都有文眼文心，不落入空谈。写作悟语时，我常常处于“至乐”状态。“至乐”是庄子使用的概念，这是形而上的快乐——抵达某种精神高度或深度之后的快乐，不是世俗之乐。这种快乐类似佛教所说的“佛喜”。佛喜、道喜、形而上感悟之喜，都是有所发现的快乐。有了“至乐”，生命状态就大不相同，连吃饭睡觉走路，感觉也不同。

去年，国内《书屋》杂志发表了朱爱君博士对我的访谈录。其中有一段关于《红楼梦》的答问，香港和海外的读者可能还没有读到，我抄录一段，以呼应上边的讲述。

问：你能否概述一下你的《红楼梦》研究在原来“红学”的基础上有哪些新的拓展，或者说，有哪些新的发现与新的方法、新的视角？

答：这个问题本应留待读者去评说。我只能说我自觉想做的（也许以前的研究者尚未充分做或尚未充分发现的）几点：（一）想用“悟证”的方法去区别前人的“考证”方法与“论证”方法。我不否认前人的方法与成就，只是自己不喜欢重复前人的方法，不喜欢走别人走过的路。禅宗与《红楼梦》对我最大的启迪，是要破一切“执”，放下一切旧套，包括方法论上的“执”与“套”。何况《红楼梦》本身是一部悟书，连曹雪芹自己也说有些情思只能“心会”，不可“口传”，只能“神通”，不可“语达”。这是第五回在解释“意淫”时说的。除了意淫，《红楼梦》中的许多深邃情思都难以实证、考证、论证。真理有实在性真理，也有启迪性真理。各大宗教讲的都是启迪性真理，不可证明，也不可证伪。许多大哲学家，都把世界的第一义视为不可知、不可证，如康德的“物自体”、黑格尔的“绝对精神”，老子的“道”、庄子的“无为”、朱熹的“太极”等，都只是形而上的假设，很难考证与实证，文学中的深层意识（潜意识）、心理活动、想象活动、梦幻印象、神秘体验等也都难以实证。《红楼梦》中这种描写很多，通过悟证，往往可以抵达考证与论证无法抵达的深渊。（二）揭示《红楼梦》不仅是大悲剧，而且是一部大荒诞剧，它不仅呈现美的毁灭，而且呈现丑的荒诞。荒诞是与现实主义、浪漫主义等范畴同一级的文学艺术大范畴，不是讽刺、幽默等一类的艺术手法。二十世纪的西方文学，其主流之一是荒诞小说与荒诞戏剧。荒诞作家有两大类，一类是侧重于表现现实的荒诞属性

（如加缪、阎连科）；另一类是用理性哲学对反理性现象的思辨（如贝克特）。荒诞对于曹雪芹，不是艺术理念，而是现实属性。他天才地揭示了社会现实中那些不可理喻的价值颠倒、本末颠倒。（三）提示《红楼梦》这部文学大书所具有的极其丰富的哲学内涵，这不是哲学理念，而是浸透于文本中的哲学视角、哲学思索和美学观念，尤其是大观哲学视角与通观美学。（四）说明《红楼梦》是中国文学第一正典（经典极品）和它作为人类文学最高水准坐标之一的理由，如永恒性、史诗性、宇宙性等理由，进一步确立《红楼梦》在世界文学史上的崇高地位。

此次讲演我还希望告诉朋友们的是，在哲学上，我做了关于“心灵本体”“灵魂悖论”“大观视角”“中道智慧”“澄明境界”等一些特别的讲述。下面且举两例：

关于“灵魂悖论”。通过哲学阐释，《红楼四书》扬弃了关于钗黛“褒此抑彼”“你是我非”“你死我活”的思维模式，更否定把两者的紧张视为“封建与反封建”的政治解说，而认定林黛玉与薛宝钗乃是《红楼梦》作者灵魂的悖论。林黛玉（包括贾宝玉）负载的是中国文化中“重个体、重自然、重自由”的一脉内容；薛宝钗（也包括贾政）负载的是中国文化中“重秩序、重伦理、重教化”的另一脉内容

（这也可以说是庄禅与孔孟两脉的对立与互补）。两者都是曹雪芹灵魂的一角，都符合充分理由律。

关于“中道”智慧：《红楼梦》体现了大乘佛教最高的智慧，即中道智慧。“假作真时真亦假，无为有处有还无”，这种超越真假，超越有无的哲学便是中道哲学。《红楼梦》一开始就让贾雨村谈论三种人性：“大仁”、“大恶”与超越这两极的中性人。《红楼梦》主人公贾宝玉乃是中道智慧的体现者，他爱林黛玉，也爱薛宝钗（超越意识形态）；他爱秦可卿，也爱秦钟（超越性别）；他爱晴雯，也爱王夫人（超越等级）。大乘的“中道”，在境界上比儒的“中庸”更高。中庸带有“实用理性”，更现实一些，它作为一种调节人际关系的有效理念，导致和谐，但也因此牺牲了一些原则，包括牺牲某些“正义”。而中道则不考虑世俗的利益，它超越世俗的正、反标准，在更高的精神层面上观照人间的矛盾与冲突，对一切人、一切纷争均投以悲悯的眼光。《红楼梦》因为以中道哲学为基石，所以它写好人不是绝对好，写坏人也不是绝对坏。正因为如此，我才说《红楼梦》是一部无是无非、无真无假、无善无恶的艺术大自在，它高于功利境界，也高于道德境界，是一种可以替代宗教的审美境界、天地境界。

《红楼梦》的哲学兼容儒、道、释三家哲学，尤其是庄禅哲学，但它又不是这些哲学概念的形象转达，更不是哲学说教。它的了不起，既在于具有深广博大的哲学内涵而无哲学相，又在于它能扬弃儒、道、释的表层功夫而吸取其深层内涵的精华。它表面上“毁僧谤道”，把“女儿”两字放在“元始天尊”与“释迦牟尼”之上，但在深层上，却佛光普照，让《红楼梦》全书浸满大慈大悲精神。它嘲弄贾敬所体现的道教炼丹术，却充分肯定庄子的大逍遥与大浪漫。它在表层上憎恶儒的“文死谏”“武死战”等愚忠愚行和以儒为主题的八股文章，但在深层上却洋溢着亲情，连“逆子”贾宝玉也不失为“孝子”，对父亲的鞭笞毫无怨言，离家出走时还从空中向父亲深深鞠躬。因为有自己独特的视角（大观视角）、独特智慧（中道智慧）、独特选择（深层选择），所以《红楼梦》才成为独一无二的哲学存在。庄子以散文形态表述哲学，曹雪芹以小说形态表述哲学，但历来的中国哲学史只讲庄子，不讲曹雪芹，在中国哲学史册上，《红楼梦》是缺席的。我想通过对《红楼梦》的讲述，强化对其文学价值的认识，也想以此为《红楼梦》在哲学史上争一崇高地位。

正如“说不尽的莎士比亚”，我们也可以认定中国有一个“说不尽的曹雪芹”。《红楼梦》作为伟大的文学作品，经得起从各种角度进行密集检验，无论从心灵视角、想象力视角、审美形式视角，还是从哲学视角、历史视角、心理视角，我们都可以在《红楼梦》中开掘出极其丰富的内涵。对于《红楼梦》，可以有一百种读法，一千种读法，我的生命读法、哲学读法、悟证读法只是其中一两种而已。我相信《红楼梦》在一百年甚至一千年后还可以讲述出新的语言，开掘出新的宝藏。

二〇一〇年一月三十日

（编者注：此文为作者在香港三联书店《红楼四书》香港版发布仪式上的讲话。）

刘再复

1941年生于福建，曾任中国社会科学院文学研究所所长、学术委员会主任、研究员，《文学评论》主编，中国作家协会理事。1989年出国后在芝加哥大学、科罗拉多大学担任客座教授和访问学者。刘再复既从事学术研究，又从事文学创作。他的文学理论著作《性格组合论》是1986年中国十大畅销书之一，曾获“金钥匙”奖；《论文学的主体性》等论文，曾引起全国性的大讨论，改变了中国文学理论的基础模式。学术著作有《鲁迅美学思想论稿》《文学的反思》《论中国文学》《放逐诸神》《罪与文学》《红楼梦悟》《双典批判》《读书十日谈》《文学慧悟十八点》；诗文集有《寻找的悲歌》《读沧海》《人论二十五种》《太阳·土地·人》《人间·慈母·爱》等。

上辑

1

十几年前一个薄雾笼罩的清晨，我离开北京。匆忙中抓住两本最心爱的书放在挎包里，一本是《红楼梦》，一本是聂绀弩的《散宜生诗》。

带着《红楼梦》浪迹天涯。《红楼梦》在身边，故乡故国就在身边，林黛玉、贾宝玉这些最纯最美的兄弟姐妹就在身边，家园的欢笑与眼泪就在身边。远游中常有人问:“你的祖国和故乡在哪里? ”我从背包里掏出《红楼梦》说:“故乡和祖国就在我的书袋里。”

2

故乡有时很小，有时很大。福克纳说故乡像邮票那么小是对的，加缪说故乡像海洋那么大也是对的。故乡有时是沙漠中突然出现的深井，荒野中突然出现的小溪，暗夜中突然出现的篝火，有时则是任我飞翔的天空，任我驰骋的大道，任我索取的从古到今的大智慧。

故乡故国不仅是祖母墓地背后的峰峦与山冈。故乡是生命，是让你栖息生命的生命，是负载着你的思念、你的忧伤、你的欢乐的生命。歌德笔下的少年维特，他的故乡是一个少女的名字，她叫作“绿蒂”。这个名字使维特眼里的一切全部带上诗意，使世俗的一切都化作梦与音乐。维特到处漂泊，寻找情感的家园，这个家园就是绿蒂。正如绛珠仙草——林黛玉是贾宝玉的故乡，林黛玉一死，贾宝玉就丧魂失魄，所剩下的只有良知的乡愁与情感的乡愁。

曹雪芹在《红楼梦》开篇第一回就重新定义故乡。他把故乡推到很远，推到灵河岸边三生石畔，推到无数年代之前女娲补天的大空旷，推到超验世界的大沉寂，推到遥远的白云深处和无云的更深处。由此，我们更感到生命源远流长，更意识到我们不过是到地球上来走一回的过客。过客而已，漂流而已，不要忙着占有，不要忙着争夺，不要“反认他乡是故乡”。

3

曹雪芹与荷马、但丁、莎士比亚、歌德、托尔斯泰、陀思妥耶夫斯基等最伟大的诗人作家，就像家乡的大河，而我一直是在河边舀水的小孩。如果不是他们的泽溉，我是不会长大的。我的生命之所以不会干旱干枯，完全是时时靠近他们的缘故。出国之后，我一面愈走愈远，一面则愈走愈近。相对于一些不愉快的往事，愈走愈远；相对于“家乡的大河”与童年的摇篮，则愈走愈近。此刻，我已贴近大河最深邃的一角。生命的大欢乐就在与伟大灵魂相逢并产生灵魂共振的瞬间。

4

常常心存感激，常常感激从少年时代就养育我的精神之师，感激荷马与但丁，感激莎士比亚与托尔斯泰，感激陶渊明与曹雪芹，感激老子与慧能，感激鲁迅与冰心，感激一切给我灵魂之乳的从古到今的思想者、文学家和学问家，还有一切教我向生命本真回归与靠近的贤人与哲人，感谢他们精心写作的书籍与文章，感谢它们让我读了之后得到安慰、温暖与力量。还心存感激，感激让我衷心崇仰的蓝天、星空和宇宙的大洁净与大神秘，感激现实之外的另一种伟大的秩序、尺度与眼睛，还感激从儿时开始就让我倾心的近处的小花与小草，远处的山峦与森林，还有屋前潺潺流淌着的小溪和它的碧波。所有这一切，都在呼唤我的生命和提高我的生命，都在帮助我保持那份质朴的内心和那盏灵魂的灯火。

5

在海外十几年，一直觉得自己的灵魂布满故国的沙土草叶和纸香墨香。这才明白，祖国就是那永远伴随着我的情感的幽灵。无论走到哪里，《山海经》《道德经》《南华经》《六祖坛经》《红楼梦》就跟到哪里。原来祖国就是图画般的方块字，就是女娲补天的手，精卫填海的青枝，老子飘忽的胡子，慧能挑水的扁担，林黛玉的诗句和眼泪，贾宝玉的痴情与呆气，还有长江黄河的长流水和老母亲那像蚕丝的白头发。

6

《红楼梦》没有被限定在各种确定的概念里，也没有被限定在“有始有终”的世界里去寻求情感逻辑。反抗有限时间逻辑，反抗有限价值逻辑，反抗世俗因缘法，《红楼梦》才成为无真无假、无善无恶、无因无果同时也是无边无涯的艺术大自在，其绵绵情思才超越时空的堤岸，让人们永远说不尽、道不完。

有用头脑写作的作家，有用心灵写作的作家，有用全生命写作的作家，曹雪芹属于用全灵魂全生命写作的作家。他用生命面对生命，用生命感悟生命，用生命抒写生命。大制不割（《道德经》），生命与宇宙同一，生命是世俗的价值尺度难以界定、难以切割的泱泱大制。

7

希腊史诗所展现的波澜壮阔的战争，不是正与邪的战争，无所谓正义与非正义，其胜利者与失败者都是英雄。这些英雄被命运推着走，而命运的背后是性格。如果荷马也落入“成者为王，败者为寇”的逻辑，就没有这部伟大史诗。命运性格属于人，正邪之分则属于政治理念与道德理念。希腊史诗的大诗意来自生命，不是来自理念。

如果说，希腊史诗《伊利亚特》是刚的史诗，那么，《红楼梦》则是柔的史诗。前者的英雄都是男性的粗犷豪迈的英雄，其首席英雄阿喀琉斯甚至十分粗野，他不懂得尊重对手赫克托耳（特洛伊主将），不懂得尊重失败的英雄。书中的主要情节——希腊和特洛伊的战争，表面上看，双方为一个美人（海伦）而战，实际上双方都把美人（女人）当作争夺的猎物，对女性并没有真的尊重。《红楼梦》则不然，它把女性视为天地的精华灵秀，精神舞台的中心，连最优秀的男子，其智慧也在她们之下。《伊利亚特》是用男人的眼睛看历史，《红楼梦》则用开悟的女子眼睛看历史，林黛玉悲题《五美吟》，薛宝琴抒写《怀古十绝》，都说明，《红楼梦》的历史眼睛是柔性的，感性的，充满人性的。

8

从《荷马史诗》到莎士比亚戏剧，从但丁到托尔斯泰、陀思妥耶夫斯基，从《史记》到《红楼梦》，所有经过历史筛选下来的经典，都是伟大作者在生命深处潜心创造的结果。因为是在生命深处产生，所以时间无法蒸发掉其血肉的蒸气，所以真的经典永远具有活力，永远开掘不尽。经典不朽，其实是生命不朽。没有一部经典是靠社会组织拔高或靠一些沽名钓誉之徒相互吹捧形成的。

《红楼梦》为我们树立了文学的坐标。这部伟大小说对中国的全部文化进行了过滤，凝结成一部从神瑛侍者（类似亚当）与绛珠仙草（类似夏娃）的情爱寓言开始的文学圣经。这部圣经点亮我的一切，特别是告诉我：文学不是头脑的事业，而是性情的事业与心灵的事业，必须用眼泪与生命参与这一事业。

9

《山海经》中记载的神话故事，总是让我们感到太少。那个混沌初凿的原始时代没有人去刻意记录，它的故事自然形成，也与山山水水一样自然留下，自然地伴随着一代一代的风霜雨雪积淀在民族的集体记忆里。因为不是刻意记录写作，所以更显得犹如婴儿般的纯粹。《山海经》特别宝贵，就因为它是中华文化最本真的原果汁、原血液，因此也可以称《山海经》文化为中国的原形文化。斯宾格勒在《西方的没落》提出过“伪形文化”的概念，中国文化何时发生“变形”，尚需讨论。但《山海经》没有任何伪形，未曾变质，不容置疑。中国的长篇小说《红楼梦》一开篇就连接着《山海经》，它和《山海经》一样保持着中国文化的原生态。《三国演义》属伪形文化，《红楼梦》则属原形文化。或者说，《红楼梦》反映着中国健康的集体无意识，《三国演义》则代表着受伤的、病态的集体无意识。

10

故国几部经典长篇小说，虽然都有文学成就，可惜《三国演义》太多“机心”，《水浒传》太多“凶心”，《封神演义》太多“妄心”。唯有《西游记》和《红楼梦》总是让人喜欢，愈读愈感到亲切。《西游记》具有童心，《红楼梦》则具有“爱心”。贾宝玉也有孙悟空似的童心，但它经过少女的洗礼与导引，又升华为大爱与大慈悲之心。因此，《红楼梦》的精神境界比《西游记》又高出一筹。中国人的野心展现在前三部长篇中，而赤子之心则在后两部长篇里，尤其是在《红楼梦》里。中国人有了《红楼梦》这一伟大的人性参照系，才会警惕三国中人和水浒中人。中国人的善良、慈悲、率真、质朴等优秀人性基因，全在《红楼梦》里。有《红楼梦》在，中国人才不会都去崇尚刘备、李逵、武松等变态英雄。因为有《红楼梦》的亮光在，总有人会从少年时代开始就模仿贾宝玉，以自己的方式和名利场拉开距离。一个民族的性格主要是被文学所塑造。可惜以往太多被《三国》《水浒》所塑造，太少被《红楼梦》所塑造。

11

把小说当成救国的工具或当成启蒙的工具，好像是“大道”，其实是“小道”。此时小说的语境只是家国语境、历史语境，并非生命语境、宇宙语境。文学只有进入生命深处，抒写人性的大悲欢，叩问灵魂的大奥秘，呼唤心灵的大解放，才是大道。王国维说，《桃花扇》属家国、政治、历史，《红楼梦》属宇宙、哲学、文学，这一意思也可表述为，《桃花扇》是小道，《红楼梦》是大道。梁启超说没有新小说就没有新社会、新国家，表面上是把小说地位提高了，其实，他只知小说的“小道”，不知“大道”。大道永远是生命宇宙之道，不是国家历史之道。文学的金光大道就在《红楼梦》之中。

12

王国维一面写出《殷周制度论》《殷卜辞中所见先公先王考》《毛公鼎考释序》等学问深厚的论文，一面又写出《红楼梦评论》《人间词话》等精彩文论。前者是知性的成功，后者是悟性的成功（《红楼梦》本身正是悟性的成功）。前者的考据功夫是有形的，人们容易知其难，后者的感悟功夫是无形的，人们常常不知其更不容易。以《人间词话》而言，短短的一部词论中能有那么多击中要害的准确词识，能创立“境界”说并道破中国诗词上那些真正的精华，能感受到李后主这位年轻皇帝具有“释迦基督担荷人类罪恶”的大慈悲与大气魄，这是很难的。而他的《红楼梦评论》道破人间最深的悲剧并非几个“蛇蝎之人”所导演，而是包括善良人在内的共同犯罪，如此无可逃遁，才是人类的悲剧性命运。这种发现也是很难的，这不仅需要知识，而且需要诗识，需要天才，需要生命深处的内功。表面上看，它是“无心插柳”，实际上是天才大心灵内修的结果。

13

《红楼梦》给我们创造了一个诗意合众国。作为一个中国人，最能感到幸福的，是能与贾宝玉、林黛玉这些诗意生命共处一个诗情国度。“千里搭长棚，没有个不散的筵席”，这一诗意的真理，是从一个名叫小红的小丫鬟口里说出来的，《红楼梦》中连小丫鬟都有禅性语言，更不用说合众国里的桂冠诗人林黛玉了。《红楼梦》中的许多女子生时追求诗意，倘若发现生无诗意，她们也死得很有诗意，尤三姐、晴雯、鸳鸯的死亡行为都是第一流的诗篇。

如果内心没有音乐，就听不懂音乐。如果内心没有诗，就读不懂诗。生命里有诗，才有对诗的感觉。歌者与诗人感慨知音难求，就因为内心拥有音乐拥有诗的人很少。同样，如果没有灵魂，就很难读懂陀思妥耶夫斯基的“灵魂呼告”，也读不懂曹雪芹的灵魂悖论（林黛玉与薛宝钗是曹雪芹灵魂的悖论）。有人阅读经典是用生命、用灵魂，也有人是用皮肤、用感官，也有人用政治、用市场，后两者离曹雪芹都很远。

14

生命是诗意的源泉。所谓“史诗”，重心不是“史”，而是“诗”。其诗意也并非来自历史，而是来自生命。《红楼梦》展示了一个历史时代的整体风貌，又建构了诗意生命的意象系列。曹雪芹以生命方式抒写历史，又以生命为参照系批判历史，让生命气息覆盖整部小说。在历史家眼中“身为下贱”不值一提的小丫鬟，曹雪芹却发现其“心比天高”的无穷诗意。一个民族大文化的诗意是否尚存，只有一个尺度可以衡量，这就是生命尊严与生命活力是否还在。文化的精彩来自生命的精彩，当负载文化的生命主体变得势利十足、奴性十足，从腰杆到灵魂都站立不起来时，这个民族的文化便丧失诗的光泽。《红楼梦》作为诗意生命的挽歌，也给中国文化敲了警钟。

15

《山海经》是中华民族童年时代集体的大梦。梦见精卫填海，梦见夸父追日，梦见刑天舞干戚，这是最本真、最本然的梦。《山海经》说明，中华民族有一个健康的童年。《红楼梦》一开始就讲《山海经》，就紧紧连接《山海经》。《红楼梦》是中华民族成年时期的大梦。这是关于自由的梦，关于女子解放的梦，关于诗意生命与诗意世界的梦，关于美丽花朵不要枯萎不要凋谢、美丽少女不要出嫁不要死亡的梦，关于生命按其本真本然与天地万物相融相契的梦。《红楼梦》是中华民族现代梦的伟大开端。《红楼梦》说明，中华民族近代的大梦也是健康的。德国诗人荷尔德林呼唤“人类应当诗意地栖居在地球上”，中国的伟大作家与德国的伟大诗人，其大梦的内涵相似，都有大浪漫与大诗意。

人类最纯的情感保留在音乐与文学中，也可说保留在梦中。正如莎士比亚的《仲夏夜之梦》保留了人类童年天真无邪也无逻辑的梦幻与欢乐一样，《红楼梦》保留了中华民族天真无邪并无可心证意证实证的恋情与人性悲歌。

16

《红楼梦》中有一个未成道的基督与释迦，这就是贾宝玉。他兼爱一切人，宽恕一切人。连老是要加害他的贾环也宽恕，连欲望的化身薛蟠也可作为朋友。上至王侯，下至戏子奴婢，他都以同怀视之。他五毒不伤，对别人的攻击和世俗的是是非非浮浮沉沉花花绿绿全然没有感觉。“我不入地狱谁来入？”这对宝玉来说，不是献身的悲壮，而是天性的坦然。他天生不怕被地狱的毒焰所伤。他敏感的是别人的痛苦、别人的长处和人间的真情感，对别人的弱点和世界的荣华富贵，却很迟钝。如果说基督是穷人的救星，释迦牟尼是富人的救星，那么，贾宝玉也许正是知识者的救星，至少是我的救星。他把我从仕途经济的路上拯救出来，从知识酸果的重压下拯救出来，从人间恩恩怨怨输输赢赢计计较较的纠缠中拯救出来。

17

贾宝玉的人格心灵何等可爱。在浊水横流的昔时中国，在老气横秋的豪门府第，他的出现，就像盘古刚刚开天辟地的第一个早晨出现的婴儿，给人以完全清新完全纯粹完全亮丽的感觉。他的眼睛是创世纪第一双黎明的眼睛，是人之初第一次完全向宇宙睁开的眼睛。这双眼睛的内涵让我激动不已，它所看轻的正是世俗眼睛所看重的，它所看重的正是世俗的眼睛所看轻的，于是，这双眼睛常常发呆，常常迷惘。虽然迷惘，却蕴藏着太阳般的灵魂的亮光。

18

曹雪芹给贾宝玉与林黛玉的前身，命名为“神瑛侍者”与“绛珠仙草”。贾宝玉是贾府中的“王子”，可是对待林黛玉和其他女子，却有“侍者”心态。他和林黛玉的关系位置，是把自己放在低处，放在侍者即仆人的位置，而不是主人、统治者的位置，包括对晴雯等丫鬟也是如此。晴雯本来正是奴婢，正是侍者，可是贾宝玉却把位置颠倒过来，对她言听计从。这不是取悦，而是在情感深处看到她比自己更干净，自己应当追随其人格。正因为贾宝玉把自己放在低处，所以他才看出晴雯“身为下贱”而“心比天高”。宝玉看晴雯用的是超势利、超世俗的“天眼”，是禅宗“不二法门”的“佛眼”。

19

贾宝玉一生下来就因为口衔宝玉而被人视为怪异，离开家庭后走入云空，也是怪异。真正的个性往往在于忘记自己世俗的位置与角色，只顾观看与探索，不知自己的来处与去处。然而，他的出走，却是富有大诗意的行为语言。这是贾宝玉最后的非诉说的声明。他向人间宣布，他与那个你争我夺的父母府第极不相宜，他已没有力量承受一个个的死亡与堕落。他的出走是总告别，又是大悲悯。他到哪里去并不重要，重要的是他已逃离污浊之地、虚假之乡。

贾宝玉居住的父母府第，是豪门贵族府第，而他本身又是府中的第一快乐王子。荣国府虽不是宫廷，但府中布满峥嵘轩峻的厅殿楼阁和蓊蔚洇润的花木山石，还有成群成队的男仆女婢，却胜似宫廷。家道中落后虽减少了气象，但仍不失为钟鸣鼎食的浮华之家。然而，即使是处于全盛的黄金时代，贾宝玉也不迷恋这个家，胸前的玉石丢失了几回——他的灵魂早已出走了好几次。他被视为性情乖僻的异端，实际上心中拥有万种真挚情思。一个又一个清澈如水的诗化生命在面前毁灭，自己还顶着桂冠如行尸走肉，这还有人的样子吗？千里长棚下的华贵筵宴，世人闻到的全是香味，偏是快乐王子闻到朽味与血腥味。一个处于如此环境中的身心怎能不迷惘？怎能不寻求解脱？如果说，林黛玉最后的行为语言是焚烧诗稿，用一把火否定她曾经有过的期待，那么，贾宝玉则是用一走了之的行为语言否定父母府第内外人们所迷恋与追求的虚幻的天堂。一种真实的行为语言，没有标点，没有文采，没有铺设，却否定了一个权力帝国与金钱帝国。《石头记》的故事，其实是一块多余的石头否定一个欲望横流的泥浊世界的故事。贾宝玉的出走，乃是走出争名夺利的泥浊世界，被男人弄成肮脏沼泽的荒诞世界。

20

《红楼梦》中的诸多人物谁最傻？除了一个傻大姐之外还有一个傻哥哥，这就是贾宝玉。傻大姐是天生的白痴，什么也不懂。傻哥哥却有大爱与大智慧。呆中的迷惘，痴中的执着，傻中的慈悲，憨中的悟性，沉默中的逃离家园和告别黑暗，哪样不是真性情与真灵魂？

“生而不有，为而不恃，长而不宰，是谓玄德”（《道德经》第十章）。在老子看来，人对历史责任的承担应是无言的。重担在肩，不求颂歌伴奏。做了好事，自己不说，只默默献予，这才算是真的有德。有人掉到水里，你去救援，只觉得这是应尽的责任，心里只感到快乐，没想到光荣，也不觉得是美德，这才算是德行。老子对那种仅以言说去承担责任的人是不信任的。滔滔不绝，表现的却是一个浅薄的自己。《红楼梦》里的贾宝玉就是一个默默承担罪责的傻子，他从不宣扬自己做了好事，承担、献予、宽厚全是天性。

21

贾宝玉看见金钏儿受辱死了，看见晴雯含恨死了，都是被他的母亲逼死的。本该是大慈大悲的母亲，本该是满怀温情的母亲，本该是怀爱天下一切儿女的母亲，这回也逼死无辜的孩子。母亲也杀人。贾宝玉亲眼看到母亲也杀人。这是比一切凶残更令人困惑的凶残。他绝望了，发呆了，他不能在母亲的府第里再居住下去了。他不能生存在一个连母亲也变成凶手的人间。告别故园，告别自己爱恋过的生命和生命的尸首，告别自己滚爬过但有血腥味的土地，他远走了，逃亡了。逃亡者的眼睛永远带着大迷惘与大忧伤。《俄狄浦斯王》时代的人类不认识自己的母亲，所以才有弑父娶母的悲剧；《哈姆雷特》时代的人类认识了自己的母亲但不知道怎么对待自己的母亲，所以才有丹麦王子永恒的犹豫与彷徨；《红楼梦》时代的人类认识了自己的母亲，却发现母亲也是人间的枷锁与杀手，母性的权威也制造着儿女饱含血泪的悲惨剧。

22

曹雪芹笔下的贾宝玉，歌德笔下的少年维特，菲茨杰拉德笔下的盖茨比都是最有人间性情的人物，内心均有大浪漫。贾宝玉为秦可卿之死吐血，为晴雯之死泣祭，为鸳鸯之死痛哭，为林黛玉之死发呆，都是在做诗情女子不要死的大梦，都是《西厢记》等小浪漫不能比的大浪漫。《浮士德》是歌德头脑（理念）的产物，而少年维特则是歌德生命的产物。贾宝玉、盖茨比也是生命的产物，所以浑身都是生命永恒的气息。拿破仑喜欢少年维特，上战场时带的是《少年维特之烦恼》，从这里可以得知这位法兰西偶像内心也有真性情与大浪漫。

23

林黛玉与贾宝玉的青春之恋，是天国之恋。表面上看，是地上两个人的相互倾慕，深一些看，却是天上两颗星星的诗意情谊与生死情谊。来到人间之前，这对情侣就在天国留下一段以甘露泽溉仙草的初恋故事，降临人世后，又演出一场伤心刻骨的还泪悲剧。天国之恋不是神话，而是生命深处的心灵之恋。贾宝玉与林黛玉潜意识中都有一种乡愁，这种乡愁便是对初恋的记忆。他们第一次见面，一个觉得“眼熟”，一个觉得“见过”，就是这种记忆。他们到达人间的第二次相逢相爱，只是天国之恋的继续。“木石前盟”与“金玉姻缘”的区别就在于，一是天国之恋，一是世俗之恋。林黛玉是天真的，薛宝钗是世故的。如果说贾宝玉是亚当，那么，夏娃是林黛玉，而不是薛宝钗。

24

林黛玉常常落泪。她和贾宝玉的恋情从浅处看是悲切，从深处看则是充实。林、贾的爱情是中国文学中最富有文化含量也最有灵魂含量的爱情。他们的每次倾吐每次冲突都可开掘出意义，特别是用诗所做的交流，更是意义非常。《红楼梦》中最精彩的两首长诗，一首是林黛玉的《葬花吟》，一首是贾宝玉祭奠晴雯的《芙蓉女儿诔》。林黛玉咏叹之后，为之“痴倒”“恸倒”的是贾宝玉；贾宝玉祭奠后为之倾倒的是林黛玉，他们互为知音。这两首千古绝唱发表时，听众都只有一个。林、贾是真正的诗人，他们不知何为社会效应，宁可让一人之啧啧，不求万人之谔谔。

25

中国的文人画把不见人间烟火的“逸境”视为比“神境”更高的境界。但是，通常只知道逸境在大自然之中，不知道逸境也可以在人际关系中。《红楼梦》中的贾宝玉和林黛玉的关系极为密切，但是他们的关系却有一种看不见又可感觉得到的“逸境”状态。他俩之间，绝对不议论俗人俗事，不仅放下政治，而且放下社会。世俗的是非究竟，进入不了他们的话题，更进入不了他们的心灵。他们是个体情感中人，不是社会关系中人。他们俩的关系，是无关系的关系。这种关系的“逸境”状态，是一种万物本真契合性情的诗意状态，连争吵都富有诗意。

26

在《红楼梦》中，林黛玉是先知先觉，贾宝玉是后知后觉。王熙凤等虽极聪明，实际上是不知不觉，即永远未能对宇宙人生拥有根本性的体悟。“无立足境，是方干净”，是林黛玉先体悟到的，然后才启发了贾宝玉。贾宝玉的觉悟是对本真己我的守持。那些劝导他的、熟读文章经典的贾政、北静王（水溶）等，误认为陷入功名利禄世界的自己是本来意义上的自我，认陷阱为大道正道，其实是不知不觉。《红楼梦》中数百人，属于大彻大悟的，只有黛玉、宝玉二人。

27

快乐在自然之中，不在意志之中。在哲学上，“自然”的对立项是“意志”。释迦牟尼永远微笑着，因为告别了宫廷权力意志，便得到大快乐。庄子发现自然之道，也得大快乐，连妻子死了，也鼓盆而歌。慧能放逐概念，明白四达，赢得大自在，也是大快乐。陶渊明回归田园后，也有羁鸟还林、池鱼归渊的大快乐，所以他没有王维、孟浩然式的惆怅。林黛玉与贾宝玉的爱恋过程，是林黛玉的“还泪”过程，还泪中有伤感，也有伤感到极处的大快乐。“还泪”是美，不是苦难。“泪尽”是个悲剧，又是一个大解脱。“人向广寒奔”，林黛玉最后走出被权力意志戏弄的人间，得的是大自由，可惜《红楼梦》后四十回未写出这一层。

28

有对立才有密切。林黛玉动不动就和贾宝玉“吵架”，处处对立，因为她和他最密切。重视他者，才能为爱而焦虑而死亡。没有对立，一切顺乎自然，固然没有紧张，但也没有对他者的承担。庄子强调自然，要抹掉的就是对立，包括生与死的对立、祸与福的对立等等，因此，它对死没有紧张，更没有恐惧。庄子说 :“其生若浮，其死若休”(《庄子 • 刻意》);“虽南面王乐，不能过也”(《庄子 • 至乐》)。他的“齐物”思想，包括齐生死、齐浮沉、齐寿夭等，在一切对立中采取逍遥（不在乎）的态度。既然没有生死的界线，没有此岸与彼岸的分别，也就没有辞世的悲伤，所以妻子死了，他照样鼓盆而歌。贾宝玉对死不是这种态度，他听到秦可卿死讯时，竟伤心得吐血，听到林黛玉、鸳鸯死时更是痛哭以至发呆。《红楼梦》反抗儒教，喜欢庄禅，但与庄子思想并不相等。庄子不相信情的实在，曹雪芹的骨子里还是相信情是最后的实在。

29

贾宝玉是贾府的宠儿，天生的快乐王子，未受过任何磨难，缺少对血雨腥风的感受。黛玉则不同，她的母亲过早去世，孤苦伶仃，漂流到外婆家后，寄人篱下，被人视为不合群的异端，因此，她有“一年三百六十日，风刀霜剑严相逼”的忧患之感。这种经历使她比贾宝玉深刻，因此，她的诗总是比贾宝玉的诗更有深度。

花开花落，似乎很平常，然而，林黛玉却真正了解它的悲剧内涵。花朵的盛开只是风霜相逼的结果。鲜花在艰难中生根、孕育、萌动、含苞、怒放。怒放的片刻，恰如加缪笔下的神话英雄西西弗斯，辛辛苦苦把石头推到山顶，而一旦到达山顶，接下去便是滚落，再接下去又是一番往上推的苦斗。花的命运也是如此，花开总是紧紧连着花落。可是，落红化作春泥之后，明年又是一番艰辛，一场挣扎，又是一轮怪圈似的奋战与毁灭。林黛玉显然深深地了解人生这种无可逃遁的悲剧性。

30

在“生命—宇宙”的大语境中，人只不过是到地球上走一回的过客，诗人更是永远的流浪汉，不会有固定的立足之地，不会有终极的凯旋门。林黛玉比贾宝玉悟性更高，她更早地悟到这一点。因此，当宝玉写下禅语“你证我证，心证意证，是无有证，斯可云证。无可云证，是立足境”时，黛玉立即给予点破：“无立足境，是方干净。”林黛玉补上这八字禅思禅核，是《红楼梦》的文眼和最高境界。无立足境，无常住所，永远行走，永远漂流，才会放下占有的欲望。本来无一物，现在又不执着于功名利禄和琼楼玉宇，自然就不会陷入泥浊世界之中。这是林黛玉对贾宝玉的诗意提示。男人的眼睛总是被占有的欲望和野心所遮蔽而狭窄化了，贾宝玉虽然也是男性，但他在林黛玉的指引下不断地放下欲望，不断提升和扩大眼界。林黛玉实际上是引导贾宝玉前行的女神。

31

林黛玉真不愧是大观园里的首席诗人。她的《葬花吟》，不仅写出大悲伤，而且写出大苍凉。诗中所问，都是摄人心魂的“天问”。“花谢花飞花满天，红消香断有谁怜？”“桃李明年能再发，明年闺中知有谁？”“昨宵庭外悲歌发，知是花魂与鸟魂？”“侬今葬花人笑痴，他年葬侬知是谁？”特别让人震撼的是问：“天尽头，何处有香丘？”这是千古绝“问”。天地的始末，生命的归宿，时间的大空旷，空间的大混沌，全在提问中。林黛玉不仅有陈子昂苍凉的恢宏，而且还有陈子昂所缺少的苍凉中的空灵与飘逸。一个弱女子，写出如此的苍凉感，这才是生命—宇宙境界。和这一境界相比，历史显得很轻，家国境界显得很小。李清照的“凄凄惨惨戚戚”就是属于这后一种境界。生命宇宙语境大于家国历史语境，能在生命宇宙境界中飞驰的诗魂，才是大诗魂。

32

贾宝玉在林黛玉面前显得很傻很笨，林黛玉的智慧总是高出贾宝玉一筹。但林黛玉却很爱他，一见如故，一往情深，一路还泪。因为她知道他是一个大爱者，倘若那时基督的名字已进入中国，她一定会知道他就是一个成道中的基督；假如那时她能到西方阅读文学经典，她也一定会知道他就是尤利西斯似的“伟大的流浪情圣”，从灵河岸边三生石畔一直漂流到地球东方的情痴情圣。贾宝玉虽然傻，但各种道理一经林黛玉点拨就通。大爱者有慈悲心。仁慈的胸怀，不仅最为广阔，也最为通畅，慈悲与悟性是相通的，愈是慈悲，愈容易接受真理，愈容易悟道。爱能打通心灵，恨却只能堵塞心灵。被仇恨占据的头脑，最难开窍。

33

说林黛玉“多愁善感”，过于平淡。林黛玉的愁，不是一般的愁，而是愁到骨子里的幽怨；林黛玉的感，不是一般的感，而是深到骨子里的伤感。人们都知道林黛玉“愁”，但往往不知她的愁乃是永远的情感乡愁。那遥远的灵河岸边三生石畔，是她的故乡，是她和神瑛侍者的“伊甸园”，她和他共享的是甘露灌溉的干净岁月，是生命与天地万物相融相契的澄明时光。现在落到人间，虽然往日的侍者还爱着她，但却不能整个属于她，而且这个人间，到处是冷漠与猜忌的目光，她在此处生活太不相宜。愈是感到不相宜，乡愁就愈深，一直深到无穷无尽处。这种被天国的甘露与现时的泪水泡浸出来又深化到骨子里的缠绵，是柔美的极致。什么可以和这种美相比呢？似乎只有柴可夫斯基的音乐才像她。俄罗斯这位天才创造的音乐，是一种纯粹的忧伤和刻骨的缠绵，他把人性的至真至柔推向最深处，苦得让人感到甜蜜，正如林黛玉忧伤得让人产生一种难以置信的快乐。

34

黛玉在《葬花吟》中说："明媚鲜妍能几时，一朝漂泊难寻觅。"最美的花朵，却最脆弱，最难持久，这是最令人惋惜的。少女之美，是一次性的美，一刹那的美，它是人间的至真至美，也最脆弱，最难持久。感悟到至美的短暂、易脆与难以再生，便是最深刻的伤感。林黛玉是中国最美的生命景观。她太稀有，太珍贵，根本无法在尔虞我诈的世上存活。这不是个例。苏格拉底和基督也无法活在他们的时代。一个最善良、最珍贵的稀有生命被钉在十字架上饱受苦难。中国没有空间可容纳林黛玉这种生命景观，这是为什么？《葬花吟》寄托着曹雪芹的梦：让稀有的花朵、少女能够长久存活，能够免受摧残。

35

林黛玉和薛宝钗都很美丽，但薛宝钗在安静外表覆盖下，其内心却积淀着许多世俗的尘土。她能适应世俗社会的规范，但没有深刻的忧伤，更没有刻骨铭心的缠绵，可是她活得很好。林黛玉的内心是一片净土，她的眼泪，全是净水。她与世俗社会格格不入，世俗的泥浊也进入不了她的内心。她靠自己的忧伤独撑高洁的灵魂，也呈现出薛宝钗所没有的纯粹的美。然而，世俗社会的残酷规律是“适者生存”，她终于活不下来，连诗稿也无处存放。

林黛玉并不要求他人像她那样生活，也不要求他人具有她那样的诗情诗心，但是他人却看不惯她，并要求她和他们过一样的生活，所以嫌她性格过于古怪。也因为她太特别，太精彩，理解她的人极少。唯一能理解她的贾宝玉成为支撑生命的支柱，柱子一旦不可靠，她就生病、吐血、死亡，生命就整个崩塌。在大宇宙中，地球是稀有的，人类是稀有的，才貌兼备的女子更是稀有，而林黛玉这种女子，又是稀有中的稀有。曹雪芹深知稀有生命的宝贵、艰辛和无尽的诗意，所以他伟大。

36

用世俗的眼睛、庸人的眼睛看林黛玉，永远看不明白。她的前身是名叫“绛珠仙草”的女神，到人间来只是来“走一遭”，最后还是要回到她的故乡。不想带走人间的各种物色，只是到人间走一走，只是到世上看一看，不求什么。最后她悟到一切皆空，连自己用一生的眼泪所灌溉的情爱也不真实，连那些用心血铸成的诗稿也是幻象，付之一炬，免得留下欺骗别人。她来到人间一回，虽然也潇洒，但失望极了，人间真的不洁不净、无情无义，连贾宝玉也辜负她的眼泪。她真的把一切都看透了，连情爱也看透，不给人间制造任何假象。林黛玉的绝望是对人间世界最深刻的批判。

37

中国文学史上一些精彩的生命，诸如嵇康、陶渊明、李白、苏东坡、李商隐等，并不是儒家文化塑造的。儒家讲究“秩序优先”，并非“个性优先”。秩序优先自有它的道理，但往往给个体生命带来屈辱。《红楼梦》中的林黛玉尚“个性优先”，薛宝钗则崇“秩序优先”。人类永恒的困惑，也可说思虑中最大的一对悖论是“重天演”还是“重人为”的悖论。前者重自然、重自由、重生命；后者重意志、重秩序、重伦理。中国的庄禅属前者，儒家属后者。《红楼梦》中的林黛玉与薛宝钗是曹雪芹灵魂的悖论，也是人类思想永恒的悖论。林薛之争，不是善恶之争，也不是是非之争，而是曹雪芹灵魂的二律背反。

38

贾宝玉对林黛玉和薛宝钗都有爱意，但对林黛玉的爱中还有敬意，而对薛宝钗虽也彬彬有礼却无深深敬意。因此，宝玉对黛玉的爱更带精神性，也更有爱的深度。《红楼梦》第三十六回有一段话描述宝玉在内心划清了他对林、薛的不同感情态度：“……宝钗辈有时见机劝导，反生起气来，只说：‘好好的一个清净洁白的女儿，也学的钓名沽誉，入了国贼禄鬼之流。这总是前人无故生事，立意造言，原为引导后世须眉浊物。不想我生不幸，亦且琼闺绣阁中亦染此风，真真有负天地钟灵毓秀之德了。’……独有林黛玉自幼不曾劝他去立身扬名，所以深敬黛玉。”“深敬”二字，是理解贾宝玉乃至《红楼梦》的一把钥匙。贾宝玉深敬谁，不敬谁，这便是《红楼梦》的心灵指向。林黛玉实际上是贾宝玉的“精神领袖”，贾宝玉一直被她领着走，因此精神也一步一步得到提升。

39

《红楼梦》中有两个世界：一是少女构成的净水世界，一是男子构成的泥浊世界。泥浊世界的主体，什么也忘不了，什么也放不下，什么也想不开。《红楼梦》的主题歌——《好了歌》，嘲讽的就是这种忙忙碌碌的主体。这是一些在名利场上滚打不休，在仕途经济路上左冲右突的双脚生物。他们全都沉浸在巧取豪夺之中，唯有贾宝玉走到泥浊世界之外。可是贾宝玉总是被嘲笑、被训斥，连慈悲故事也被当作笑话。泥浊中人嘲弄泥浊外人，放不下的人嘲弄放得下的人，这正是从古到今的人间社会。唯有到了《好了歌》，才来了个反嘲弄。

曹雪芹把女子分为未嫁的少女与已嫁的妇女，在两者之间画了一条严格界线。女子嫁出之后，便从清澈世界走入角逐权力财力的泥浊世界，身心全然变形变质。因此，曹雪芹拒绝让自己笔下最心爱的女子出嫁。所以林黛玉、晴雯等未婚前便已死亡。少女要保持自己天性中的纯洁本体，就一定要拒绝“男人的问题”，站立在泥浊世界的彼岸。“出淤泥而不染”这一古老的莲境梦境，被曹雪芹表现得极为动人。

40

《红楼梦》中的女儿国，立于“大观园”。大观，这正是曹雪芹看世界的方式。“先立乎其大者，则其小者弗能夺也。”也可以说，曹雪芹的眼睛是大观的眼睛，这种眼睛不是“俗眼”，而是“天眼”；不是世俗的视角，而是宇宙的超越视角。曹雪芹用“大观”的眼睛看人间，不仅看出大悲剧，还看出大闹剧。《好了歌》就是荒诞歌，就是嘲讽争名夺利的喜剧主题歌，甄士隐的注解则是主题歌的补充。“世人都晓神仙好，惟有功名忘不了”，“世人都晓神仙好，只有金银忘不了”，因为这个忘不了，人世间便无休止地演出荒诞剧：乱哄哄你方唱罢我登场。王国维看清了《红楼梦》的悲剧价值，但没有看清《红楼梦》的喜剧价值。也许是看清了，但不道破，特留待后人来说明。

41

《红楼梦》一开始就介绍主人公的来历乃是被抛入“大荒山无稽崖”中的一块多余的石头。如果把贾宝玉的名字视为人的象征，那么，人一开始就带有“无稽性”，就身处荒诞无稽的境遇之中。二十世纪的荒诞派小说家、戏剧家发现整个世界都是“大荒山”“无稽崖”，人是山崖中的荒诞生物，从而叩问人的存在意义。曹雪芹早在二百年前就感觉到，人不仅出身于无稽崖中，而且生活在无稽的闹剧状态中：短暂的人生就为功名而活，为娇妻美妾而活，为金银满箱而活。在仕途经济中，为求一顶桂冠，不仅一身热汗冷汗，而且一身污泥污水。把有价值的撕毁给人们看是悲剧（鲁迅语），把无价值的当作高价值而争得天翻地覆、头破血流的是喜剧。“风月宝鉴”的正面是美色，背面却是骷髅。人们追逐物色美色的游戏，原来是一场归结为骷髅的荒诞剧。在名利场中打滚的一部分人类，其所谓进化，乃是“又向荒唐演大荒”的“大荒无稽”进程。

42

耶和华（旧约）讲神明意志，尼采讲权力意志，叔本华讲生命意志（探讨意志、欲望、痛苦的出路）。老子讲自然，庄子讲自然，禅宗讲自然。“人法地，地法天，天法道，道法自然”（《道德经》第二十五章），老子把自然看成最高境界，因此，对意志保持警惕。所谓自然，就是反意志。《红楼梦》的哲学基础是自然，不是意志。王国维以叔本华的欲望——意志论解释《红楼梦》，只能说明人的情欲追求的部分，不能说明其自然性灵的部分，即其空灵的、飘逸的部分。而对意志的反抗，王国维只讲消极解脱（弃欲出家），未开掘书中的积极解脱（诗国中的审美解脱）和自然解脱（回归生命本真状态）的思想。

43

贾宝玉最初由一僧一道带来，最后又由一僧一道带走。在《红楼梦》里，佛、道融合为一。“禅”是佛教最精致、最精彩的部分。《红楼梦》浸透了禅性。禅不立文字，这对曹雪芹的启迪不是不写文章，而是超越一切狭隘的命名和意识形态，放逐概念，直面生命。而每一个体生命都是多重体、复合体，其命运都具多重暗示，它不是“好人”“坏人”“善人”“恶人”等本质化概念可以描述和定义的。鲁迅称赞《红楼梦》打破“好人绝对好，坏人绝对坏”的传统格局，其所以能打破，就因为放逐了政治权力和道德权力操纵下的机械分类概念。曹雪芹深深悟到禅宗（慧能）的“不二法门”，悟到一切生命个体的人性深处都有佛性因子，因此他看到的是生命的“整体相”，不是“分别相”。

44

在带有意象组合的中国语言文字里，“好”字是“女”和“子”二字组成的。在曹雪芹眼里，女子就是好。尤其是未出嫁、未进入社会的少年女子，更是天地灵秀、宇宙精华。她们就是真，就是善，就是美。可惜，她们拥有的生命时间与少女岁月太短暂，“好”很快就会“了”。《红楼梦》就是一曲《好了歌》，一曲少年女子诗意青春了结的挽歌，一曲至好至美至真至善至柔的诗意生命毁灭的挽歌。《好了歌》具有多重意义与多重暗示，挽歌仅是其中的一重意义。

45

加拿大女权主义批评家玛格丽特·阿特伍德在《自相矛盾和进退两难：妇女作为作家》一文中谴责文学艺术评论界的一种数学公式，即“不好／女性”的公式。在这种普遍公式之下，看到写得不好的作品，就说它是“女人气”，看到不好的绘画，就说它是“女画家”。玛格丽特竭力翻这个案，竭力谋求建立新的公式：“好／女性”。

玛格丽特确实指出一种习惯性的偏执，这种偏执连恩格斯也在所难免，他在论述十八世纪的德国散文时就用了“女人气”一词进行否定性批评。可惜，玛格丽特没有发现曹雪芹，整部《红楼梦》恰恰确立了一个“好／女性”的公式。汉语中的“好”字，分解开来恰恰是女子二字。《红楼梦》正是一曲伟大的《好了歌》。人类文学史上，还没有一个作家如此自觉如此紧密地把“好”和“女性”融化为一体，而且写出一部女子的感天动地的赞歌与挽歌。

但是曹雪芹并不是女权主义者。他在“好／女性”的公式下充分发现人性的丰富性与复杂性，女性有无穷的差异，女人气更有无数的种类。他尊重女性，是人性立场，不是女权立场。而当代的许多女权主义批评家却常常是以意识形态立场取代人性立场，结果把女权主义变成女人统治的历史主义和专制主义。

46

曹雪芹关于少女的思索，超出前人的水平，不在于他作了“男尊女卑”的翻案文章，而在于形而上的层面，把少女放在广阔的时间与空间中，表现出他对宇宙本体和历史本体的一种很深刻的见解。在空间上，女子是与男子相对应的人类社会的另一极。只有两极，才能组成人类社会。然而，在约伯的天平上，这两极是永远倾斜的。在曹雪芹看来，唯有女子这一极才干净，才是重心。这一极的少女部分，不仅具有造物主赋予的集天地之精华的超乎男子的容貌，代表着文学的审美向度，而且她们一直处于争名逐利的社会的彼岸，代表着人间的道德向度。道德不是成熟的假面，而是不知算计、拒绝世故的婴儿状态与少女状态，即人类的本真本然状态。人类社会一面创造愈来愈多的知识，另一面则被知识所遮蔽而离本真本然愈来愈远。唯有在少女身上，才保存着人类早期的质朴的灵魂。这一灵魂，才是天地之心。

47

曹雪芹几乎赋予“女子”一种宗教地位。他确认女子乃是人类社会中的本体，把女子提高到与诸神并列的位置，对女子怀有一种崇拜的宗教情感——“这女儿两个字，极尊贵、极清净的，比那阿弥陀佛、元始天尊的这两个宝号还更尊荣无对的呢！”甄宝玉把女儿尊为女神，有女子在身边，他才获得“灵魂”。他说：“必得两个女儿伴着我读书，我方能认得字，心里也明白；不然我自己心里糊涂。”贾雨村对冷子兴介绍甄宝玉，说他“暴虐浮躁，顽劣憨痴，种种异常。只一放了学，进去见了那些女儿们，其温厚和平，聪敏文雅，竟又变了一个人了”。贾宝玉原先只是一块顽石，获得灵性来到人间之后具有双重可能，完全可能被浊气所污染而重新变成冰冷的石头，然而，林黛玉的眼泪柔化了这块石头，让他没有走向暴虐而保持温厚与温馨。可以说，贾宝玉的心灵在很大的程度上被林黛玉所塑造。和但丁靠着女神贝亚特丽齐的导引走访地狱一样，贾宝玉靠着身边女神的导引，带着大慈悲，走访了华贵而龌龊的活地狱。

48

《红楼梦》通过“爱”与“智慧”的视角去发现妇女，所以发现了林黛玉、晴雯、妙玉、鸳鸯等精彩女性。而“五四”则通过“压迫、反抗、斗争”的视角去发现妇女，所以发现了娜拉，发现了祥林嫂，发现了子君。曹雪芹的发现是发现妇女中的少女乃是人上人，即人中最精彩的人；而“五四”则发现“妇女不是人”，是“人下人”，即男人是奴隶，而女人是奴隶的奴隶。《红楼梦》的发现，是真正的对美的发现。《红楼梦》的感觉，是更纯粹的审美感觉。

49

西方有位哲人说，死亡没有种类。而曹雪芹却看到死亡的无数种类和死亡所具有的不同的质。贾敬、贾瑞这些男人的死和晴雯、鸳鸯这些小女子的死是完全不同质的死。晴雯、尤三姐和鸳鸯，都把死亡看得很轻，不怕死，一旦受辱，便不顾一切为守护人格尊严而奔赴死亡，或用一把剑，或用一条绳子，断然把自己了结。她们很像《山海经》时代的英雄，没有死亡恐惧，或扑向太阳，或扑向大海，决不犹豫。美的死亡是美的最后显现，它比美本身更美。人们看到的不仅是美的死亡，而且是死亡的美。哲学家或把死亡视为存在后的虚无，或视为虚无后的存在。晴雯等的行为，乃是以死创造了一个虚无后的美丽存在，在“无”中实现“有”，在“死”中实现“美”。

50

日本武士道对自杀有一种特别的见解，它认为这一生命的“终了”可以创造出美的极致，正如樱花，瞬间的灿烂，却给世界留下美的永恒。“花为樱花，人为武士”(日谚)，武士们把死的本身作为目的，以至一生都在策划一种东西，也可说致力于一个目标，这就是死得辉煌。因此，他们不仅没有死的恐惧，而且像迎接樱花季节一样地迎接死的到来。著名作家三岛由纪夫在自杀之前，就在《新潮周刊》刊登广告，征求有关切腹自杀规则的书籍，认真做了准备，自杀之时，又切实遵守切腹的规定，完全保持了这一传统行为的形式。他曾对友人说，他要自编一部“死的形式美学”，果然如此，只是这部美学，不是文学语言所书写，而是行为语言所书写。

《红楼梦》中的尤三姐也用自己的行为语言创造了一部美学。尤三姐是瓶烈酒，又是一瓶极纯粹的酒，她的自杀，刚烈、庄严、干脆利落，犹如毅然举起杯盅，把酒泼洒在地，一点也不拖泥带水。只是她并没有日本武士那种以“自杀为美”的意识。她的死亡抉择，只是因为情的幻灭。因此，她也没有像三岛由纪夫那样，刻意去设计死亡的盛典仪式。但她在瞬间所做的果断的自我了结，悲愤之情完全压倒死亡恐惧，也死得如樱花灿烂，于片刻中给世界留下永恒之美。

51

在主奴结构的社会中，主人要保持人的骄傲不容易，因为他们还必须向更高的主子卑躬屈膝；而奴仆要保持人的骄傲就更难，也更稀少。晴雯所以被曹雪芹赞为“心比天高”，而且被无数读者所喜爱，就是她身为女仆却保持了人的骄傲。当宝玉为了一把扇子而有所微词时，她立即借此警告宝玉：“二爷近来气大的很，行动就给脸子瞧。前儿连袭人都打了，今儿又来寻我的不是，要踢要打凭爷去。就是跌了扇子，也算不得什么大事。”之后又以撕扇子这一行为语言发出心灵的冷笑，这不仅为自己，也为其他奴仆。这一行为语言告诉宝玉两点：一是人比物（扇子）贵；二是奴仆不可欺。宝玉当时虽然气得浑身乱战，但过后却显然钦佩她。而她在临终之前对宝玉所说的“早知今日，何不当初”的一番话和赠送两根葱管一般的指甲，当宝玉要把指甲藏起时，晴雯对他说道：“今日这一来，我就死了，也不枉担了虚名。”这是晴雯生命的结束语，告别人间的最后宣言。这些语言，恰恰是教导宝玉要保持人的骄傲的语言。两根指甲放射的光辉和这席话放射的光辉，不仅穿刺黑暗的王国，而且也照亮宝玉的灵魂。如果说林黛玉是引导宝玉走向精神高山的第一女神，那么，晴雯则是第二女神。

52

中国的史书，包括最优秀的如《史记》这样的史书，都见不到伟大的女性。许多美丽能干的女人，无论是身为皇后还是王妃，往往都是黑暗政治的“替罪羊”，为男人承担历史罪恶，从妲己到吕后到慈禧太后均是如此。在史家的笔下，功劳属于男人，罪过属于女人，男人创造历史，女人污染历史。《红楼梦》中林黛玉却一反老调，她所作的《五美吟》，为女人歌功颂德，为西施、虞姬、明妃、绿珠、红拂等五位“尤物”树立丰碑，着意翻历史大案。在她的清明的目光中，许多帝王将相，其实都不如一个小女子。陈寅恪先生作《柳如是别传》，也暗示明末清初的许多大儒名流，其人格却不如一个妓女。

《红楼梦》中的“薛小妹”薛宝琴，属曹雪芹尚未充分描写、充分展开的人物，但她聪明过人已被贾母所发现，所以贾母格外宠爱她（让她睡在自己的寝室里）。她作十首怀古绝句，从“赤壁沉埋水不流，徒留名姓载空舟”的调侃开始，质疑男人的历史业绩，但对马援、张良、韩信、王昭君、杨贵妃等历史人物充满同情的理解，用的完全是一双中性的眼睛。这种眼睛里没有功利的杂质，具有一种纯粹，一种天然的公平与合情合理，比书斋里的历史学家更准确。历史学家虽有知识，可惜眼睛常常被概念和利益所堵塞而狭隘化了。一狭隘就不合事实，也不合事理，其所谓“史识”，反而不是真见识。

们没想到，他们面前的那个自称顽愚也被人视为呆子傻子的人，正是即将出家的释迦牟尼。对于他们，重要的不是去救人，更不是去救释迦，而是“自救”。

119

宝玉对府内的几个“优伶”都有倾慕之情。听到芳官唱“任是无情也动人”时，痴呆了一阵。遇到龄官在地上写“蔷”字，是她“眉蹙春山，眼颦秋水，面薄腰纤，袅袅婷婷，大有林黛玉之态”，也“痴”看了一阵，“宝玉早又不忍弃她而去，只管痴看”。这是本能的对美的向往与倾慕，也正是曹雪芹所说的“意淫”。说宝玉是“天下第一淫人”，其实是说对天下美好女子全都有这种审美态度，并无占有之念。曹雪芹当时未能使用近代美学概念来描述这种生命现象，但可知道，他所说的“意淫”乃是纯粹精神性、审美性的心理活动与感官活动，全是非肉欲、非功利、非算计的真性情。由此，也可说，所谓天下第一淫人，正是对才貌双全之少女的天下第一审美者。如果说，贾宝玉到地球上来走一回可谓“不虚此行”，那就是他能在人间看到天地钟灵毓秀所造出来的如此让人痴迷的生命景观。

120

老子所说的“复归于婴儿”,即返回生命的本真状态，这是很难的。人类的多数是回不去、归不了的。即使是伟大诗人如李白、杜甫、白居易等也回不去，更不用说施耐庵、罗贯中等了。唯有曹雪芹复归了，回去了。他写贾宝玉，把人格亮光投射给贾宝玉，足以证明他的回归。宝玉的本质是一个婴儿，一个赤子。他最聪明，又最混沌；最丰富，又最简单。他是生命的本真存在。他的父亲用棍子狠打他，想打破他的混沌以让他“开窍”，但他始终像庄子所写的那个不可开窍的混沌。所谓混沌状态，就是本真状态。中国文学中最完整的赤子形象就是贾宝玉。曹雪芹通过贾宝玉实现了伟大的回归。

121

贾宝玉身上有神性，所以他才有广博的爱一切人宽恕一切人的大慈悲。但他又不是神，所以又有人性，而且有比一般人（包括婢女）更低的侍者（服务员）心态：无事忙的公仆心态。对神是需要敬畏的，但作为人的贾宝玉只获得“敬”，未获得“畏”。没有人怕他，连小丫鬟都不怕他。然而，他却获得所有不怕他的人深深的尊敬，包括赢得林黛玉内心的爱意与敬意。

122

正如贾宝玉自己所言，他本是一块顽石。获得性灵之后来到地球上，其愿望是按照自身的本真状态栖居在地球上，然后自由地展开诗意人生。但是，除了林黛玉和女儿国的几个性情少女之外，其他人都要他在社会中扮演一种立功立德的重要角色。连他的姐姐贾元春也不得不扮演一个名为“凤藻宫尚书”的世俗角色。显耀的角色可以带来利益，所以世人都要去争去夺，而贾宝玉偏偏拒绝扮演任何角色。他被称为无事忙，便是没有角色但有忙碌的性情中人。

123

都认为贾宝玉有病，都认为贾宝玉迷失，所以才有对他的不断劝说、提醒、训诫。在贾政、薛宝钗、袭人及常人眼中，贾宝玉不知荣华富贵为何物，不能“留意于孔孟之间”，不能委身于经济之道。然而，在赋予贾宝玉灵性的一僧一道（癞头和尚、跛足道人）看来，宝玉到世间后已开始“被声色货利所迷”，其象征着淳朴生命的玉石开始中邪，所以“通灵宝玉”开始不灵，唯有唤醒他的记忆，帮助复归于淳朴，通灵宝玉才会灵验。两种价值观的冲突，是《红楼梦》的精神框架。贾宝玉的灵魂之路是从朴出发进入色而复归于朴的路。在贾宝玉素朴的眼里，凡劝他追求功名的，都在把他推出生命的本真本然，这便是让他去“中邪”。赵姨娘请马道婆耍弄道术让他中邪，薛宝钗、袭人等的规劝，其实也是让他去中邪。

124

从诗品上说，《红楼梦》中诗的极品都出自潇湘妃子林黛玉之手。从人品上说，贾宝玉却可称为极品，可贵的是，贾宝玉从来没有妙玉似的极品观念，也不知道何为人品的极致。他的绝对的善，完全出乎天性。他的极品呈现在他自己无法意识到的平常心、平常事之中。仅从结社比诗一事中就可看出他有怎样的心灵。每次诗歌评比，他都几乎名落孙山，不仅在林黛玉之后，也在薛宝钗等众女子之后。第三十八回中记叙由李纨作评判人对大观园海棠社诗人们的菊花诗进行评判排名次，结果笔名称作“怡红公子”的贾宝玉所作的两首（《访菊》《种菊》）全不入围，连史湘云（枕霞旧友）、探春（蕉下客）也不及，等于最后一名，但他不仅不嫉妒，反而为胜己者拍手鼓掌，口服心服。中国人常常不能为失败者鼓掌

（所以鲁迅才倡导要为跑在最后但坚持跑到终点的运动员叫好），也不能为成功者鼓掌，心灵真如“怡红公子”的并不多。

125

拙著《人论二十五种》描述了“肉人”，这是文子所界定的二十五种人的倒数第二名，排列在“小人”之前。所谓肉人，乃是只有肉没有灵，只有欲望没有精神的人。与肉人相对的另一极的人，是只有精神、没有欲望的人，即被庄子称为“真人”“至人”的那一类。贾宝玉虽然具有纯粹精神，但不是真人至人，而是性情中人。他有人的真精神，又有人的真情感。这其实更难更实在。贾宝玉被父亲打得皮肉横飞之后，姐妹与丫鬟们去安慰、照料他，他完全忘记肉的伤痛，却为少女们的关心而感动不已，就像后来的大画家凡·高割了耳朵而不知疼痛，对“肉”缺少感觉，对情却极为敏感。这种气质正是诗人气质。

126

脂砚斋透露《红楼梦》稿本最后有一“情榜”,以“情情”二字评说林黛玉，以“情不情”三个字评说贾宝玉。“情情”二字,第一个情字为动词,第二个情字为名词；“情不情”三字，第一个情字为动词，不情则为动名词。林黛玉只把情感投注于她专一所爱之人，即情感完全相通相契相依相属之人，其他人几乎不存在。而贾宝玉则是个博爱者、兼爱者，他爱林黛玉，也爱一切人，包括薛蟠、贾环等“不情”人。唯能“情不情”才有菩萨心肠，才有基督释迦胸襟。其实，贾宝玉是先“情情”而后才“情不情”。在他的灵魂层面与情感深处，最爱的只有林黛玉一个人，其次也爱晴雯等“真情”者，心中并无其他“不情”人。在此前提下，他才外不殊俗，关怀人间一切生命，情泛普世。

127

高鹗续《红楼梦》，有许多可挑剔处，例如最后还让宝玉妥协到与贾兰共赴考场，还中了一个中等成绩的举人，等等。尽管如此，但他还是深刻地把握住一个认识：在精神智慧的层面，林黛玉高出贾宝玉一筹，她是指引贾宝玉实现精神飞升的女神。第九十一回（“纵淫心宝蟾工设计，布疑阵宝玉妄谈禅”）中，贾宝玉听了林黛玉关于“原是有了我，便有了人”的一段话之后，豁然开朗，回应了一段衷心敬佩之言：“很是，很是。你的性灵比我竟强远了，怨不得前年我生气的时候，你和我说过几句禅语，我实在对不上来。我虽丈六金身，还借你一茎所化。”这段表白一是承认自己的性灵比林黛玉差得远，二是说自己虽有菩萨之性，但还是要借助林黛玉这一净洁的莲花才得以成道。捕捉林、贾这一精神差别，才可看见林黛玉所呈现的《红楼梦》的最高境界。

中国的艺术家们常把逸境看得高于神境，因一般神境还有痛苦、忧虑、兴奋，还有悲情，而逸境则超越了悲情。但佛家的莲界，却又在神境与逸境之上，它既有神境的大慈悲，又有逸境的清雅与淡泊，达到冷观世界又关怀世界的天地大圆融。贾宝玉原有释迦、基督的善根慧根，经林黛玉眼泪的滋润和精神上的点化，便逐步走向佛家莲界。

128

林黛玉的《葬花吟》和贾宝玉的《芙蓉女儿诔》是中国挽歌史上的千古绝唱，两者都是咏叹调，但林黛玉唱低调，贾宝玉唱高调（高昂）。《芙蓉女儿诔》浓词艳语，近赋；《葬花吟》淡泊自然，近词。两者都抒写色，一写花色，一写女色，但《葬花吟》境界更高，其功夫在于由色入空。《芙蓉女儿诔》只是由色泣色，空尚不足。所以前者显得苍凉、空寂，后者显得激越、亢奋。《红楼梦》因为由色入空，所以成为拥有空灵境界的大悲剧，又因为由空观色，即用空的眼睛观看各种色，所以看出色世界的混浊与荒诞，成为大荒诞剧。悲剧喜剧兼备，使《红楼梦》的内涵丰富浩瀚，他者无可匹敌。

129

历来的“拥薛”与“拥林”之争，乃是两种不同的生命指向之争。这里有世故与率真之争，有重伦理重秩序与重自然重自由之争，有重儒与重禅之争。多数的中国人甚至多数的中国女子都无法面对林黛玉，因为她的精神境界太高，高到与世俗世界格格不入。她的“无立足境，是方干净”的精神制高点，只有贾宝玉一人可以仰望。说“高处不胜寒”,也只有林黛玉体验得最为深切。她孤寒到极点，孤寒到从血脉深处迸出“冷月葬花魂”的诗句，孤寒到预感“人向广寒奔”的生命结局。这种孤高冷绝的灵魂，也只有贾宝玉才能理解。宝玉之外，其他人可以跟她交往，但无法面对，一面对就会发现自身的鄙俗、世故与苍白。

130

贾宝玉的生命有一个生长与升华过程，他开始还迷恋脂粉，迷恋肉的丰美，后来扬弃这些，回归于赤子。林黛玉的生命则没有过程，她一到人间，心灵就比贾宝玉冷静、成熟，一开始就得道。率性之谓道。她的天性率真纯洁，直接入道得道，无师自通。（那个名叫贾雨村的所谓“老师”，与道无关，不算“真师”。）她不沾男人泥浊世界，贾宝玉要把北静王赠送的礼物转送给她，被她断然拒绝：“什么臭男人拿过的！我不要他。”林黛玉说此话时不经思索，她好像是个不必思考的天才，天生放逐概念，只用生命的真性真情感知世界、感知人间，其所感所悟皆不同凡响，处处新鲜新奇，所以成了大观园的首席诗人。中国文化史上，似乎唯有陶潜、慧能才属于不必思考而能明心见性的生命奇迹。

131

林黛玉身上有一种绝对性与彻底性，也可说是一种纯粹性。这种纯粹性呈现于人间社会，便是无任何世俗之求、世故之态；呈现于情爱，便是无任何功利之想，无分裂之心；呈现于书写中，则是无任何权力之影，虚妄之声。生命中除了诗与爱，不知世间还有何物，除了真性真情，一无所有；除了所依恋的那颗灵魂，一切都不存在。她说“无立足境，是方干净”，这正是她自身的写照：纯粹到一切世俗的概念都无法解释，无法支持。

132

弗吉尼亚·伍尔芙笔下的奥兰多，从十六世纪活到一九二七年，跨越四个世纪，她时而男性，时而女性，开始出现时是个贵族美少年，最后消失时是个三十七岁的女作家。奥兰多是个诗人，诗没有时间边界，诗性没有生死边界。伍尔芙本身的人生就只知诗，不知其余，她投水自杀，但她的诗文却不会死。伍尔芙生命的纯粹性与现实世界的险恶性无法相容。美国把伍尔芙的生平拍成电影，但多数美国人恐怕无法理解她。一个被实用主义覆盖的国度，很难面对如此纯粹的诗性的生命。林黛玉是更早问世的伍尔芙。她只有如蚕吐丝的纯粹功能，只有伍尔芙似的纯粹感觉，纯粹到身上除了诗，什么也没有（其爱情，也是诗情）。而世俗世界，什么都有，就是没有诗。可惜诗生命太弱小，非诗世界太强大，其悲剧结局就不可避免。

133

林黛玉的《五美吟》和薛宝琴的《怀古十绝》，都翻历史大案，都对男人构筑的历史提出质疑，思想极为犀利，咄咄逼人，但一点也没有暴力倾向，不伤害任何一个人，真是境界极高的诗。“诗”的质疑比“论”的质疑更有力量。不过，相比之下，我们会发现，薛小妹的诗还是人间之声，而林黛玉的诗则是宇宙之声。所谓宇宙之声，乃是“此曲只应天上有”，如同天乐。世上常人都赞美西施嘲笑效颦之女，但黛玉写道：“一代倾城逐浪花，吴宫空自忆儿家。效颦莫笑东村女，头白溪边尚浣纱。”这又是天外眼光与天外语言。人间都为西施的美色而倾倒，黛玉却说，一代美人演完政治戏剧后随波消失了，只留下永远的寂寞，而那个被嘲笑的丑女，倒是能在溪边浣纱直到白发苍苍，永存永在的还是质朴的生命，还是内心那些清溪般的天真。诗歌名句必须有文采，但最要紧的还是该抵达常人抵达不了的境域。

134

用本能（性）阅读《红楼梦》，境界最低，可能会导致《红楼梦》不如《金瓶梅》的荒唐结论。用头脑（知识）阅读《红楼梦》，境界次之，其误区可能是只知四大家族不知女儿国。用性情阅读《红楼梦》才可把握住《红楼梦》的基本风貌，进入《红楼梦》的生命世界，其境界才进入审美层面。用性灵去阅读，则可把境界推向高峰，把握住《红楼梦》的精神之核。贾宝玉是一个成道中的基督、释迦，林黛玉的灵气从古至今无人可比。跟踪林黛玉的灵气、灵性、灵魂，才可能走上《红楼梦》的最高点。

135

鲁迅说过，猴子社会的猴子们，原都是在地上爬着走，如果有一只猴子率先站立起来，其他猴子就会把它咬死。尤奈斯库的《犀牛》，写所有的人都变成了疯狂的犀牛，若干未能变成犀牛的，反而被视为异类而为周围的变形变态者所不容。《红楼梦》中的林黛玉、贾宝玉其实就是率先站立起来的猴子和拒绝变成犀牛的人，但被世俗社会所耻笑，不仅被视为“蠢物”，还被称作“孽障”。林、贾私自阅读讨论《会真记》（《西厢记》），在“四书五经”覆盖一切的社会中，就如同拒绝爬着走路的猴子，社会岂能容得下他们？

136

俗境，人境，神境，逸境，人文境界由低而高。中国知识人崇尚逸境，把不见人间烟火视为理想境界，但陶渊明独辟蹊径，隐逸之所不离“暧暧远人村，依依墟里烟”，结庐在人境，身心却进入逸境，所以走上诗歌的精神高峰。佛教进入中国之后，特别是到了禅宗慧能，崇尚的却是空境，这是比逸境更深广的莲界。它把人的逍遥提高到“空”中，连逸境里的色都没有，连陶渊明的桃花源都加以扬弃，于是，境界便从淡远进入空寂。《红楼梦》中的《葬花吟》境界最高，它在吟色之后扬弃一切外在之境而进入空境。

137

有实才有空。人愈充实愈容易进入空境。精神挤掉物质，智慧达到饱满状态之后才能走入空。孙悟空的名字暗示：空是精神主体悟出来的。主体先有精神的高峰体验，然后才有空的感觉。对于空的最大误解是以为空乃是精神匮乏与精神空虚。音乐在达到最纯粹、最有力的时候，突然中止，这一瞬间的沉默，是充盈的无，是饱和的空，是超越语言概念而对最高精神层次的把握。贾宝玉最后的出走，不是匮乏，而是对人生宇宙领悟到饱和状态之后的精神飞升。出走的那一刻，他的贵族府第与他生活过的色世界空了，但正是这一刻，他进入充盈的精神状态。这是由色入空的大飞跃。

138

林黛玉与贾宝玉有一节最深的相互爱恋的对话却是无声的。不能开口，一开口就俗。心灵之恋只可用心灵，使用的语言是纯粹心灵性的，精神性的，禅性的，不可立文字，只能以心传心，所以两人都没有说出口，更没有立下文字，这是心灵之恋的“无立足境”，至深的“情”入化为“神”，至深的“色”入化为“空”。这是第二十九回（“享福人福深还祷福 痴情女情重愈重情”）

所表述的一节：

……即如此刻，宝玉的心内想的是："别人不知我的心还可恕，难道你就不想我的心里眼里只有你？你不能为我解烦恼，反来拿这话堵噎我。可见我心里时时刻刻白有了你，你心里竟没我。"宝玉心里是这意思，只是口里说不出来。那黛玉心里想着："你心里自然有我，虽有'金玉相对'之说，你岂是重这邪说不重人的。我便时常提这'金玉'，你只管了然自若无闻的，方见得是待我重，而无毫发私心了。怎么我只一提'金玉'的事，你就着急，可知你心里时时有'金玉'，见我一提，你又怕我多心，故意着急，安心哄我。"

……那宝玉心中又想着："我不管怎么样都好，只要你随意，我便立刻因你死了也是情愿的。你知也罢，不知也罢，只由我的心，那才是你和我近，不和我远。"黛玉心里又想着："你只管你就是了，你好我自好。要把自己丢开，只管周旋我，是你不叫我近你，竟叫我远了。"看官，你道两个人原是一个心，如此看来，却都是多生了枝叶，将那求近之心，反弄成疏远之意了。

这段对话既无声，也无言；既无心证，也无意证；完全是超越语言、超越文字、超越逻辑、超越是非等世俗判断的心灵交融。林、贾的对话，往往是灵魂的共振，此段心灵的对话，更是灵魂的共振。倘若用“此时无声胜有声”的话语来形容，林、贾的无声对话，恰恰比许许多多有声的对话音强百倍。老子说“大音希声”（《道德经》第四十一章），曹雪芹则抵达“大音无声”。心灵中最深刻的对话反而没有声音。

139

林黛玉与贾宝玉来自无数年代之前的大荒山无稽崖。遥远的三生石畔灵河岸边才是原初的故乡。他们来自大自然、大宇宙，生命与自然没有隔，与宇宙没有隔，所以容易由色入空，由人间进入宇宙。林黛玉时而问“天尽头，何处有香丘？”时而说“人向广寒奔”，都是生命和宇宙直接相连。贾宝玉也是如此，一听到“赤条条来去无牵挂”的歌唱，便激动不已。贾宝玉的朋友秦钟，虽然形如白鹤，可惜心灵与自然与宇宙还是相隔万里，所以临终前还是留下“功名”的遗言。其他功利社会中人，生命与大自然、大宇宙之间更是隔着名位、权势、财富、概念等等，所以要回归本真本然状态就很难。

140

薛宝钗与贾宝玉关于人品根柢的辩论，其特点是薛宝钗引经据典，打着的是“古圣贤”的旗帜，论证的理由乃是伦理概念，而贾宝玉却扬弃经典只取古圣贤所说的“赤子之心”，用的是生命理由。这是一场概念与生命的精神较量。薛宝钗仰仗的是圣人，贾宝玉仰仗的是生命本真。贾宝玉与赤子（婴儿）之间没有隔阂，薛宝钗与赤子之间却有许多障碍，首先是圣人概念的障碍。贾宝玉虽然也欣赏薛宝钗的丰美，但心灵总是难以相通，就因为之间还有观念之隔。贾宝玉与林黛玉的关系，在灵魂上如同亚当与夏娃的关系，乃是赤子的关系，所以才有其扬弃世俗罗网的心恋。

141

《春江花月夜》是让人读后就难以忘怀的情爱咏叹调，也是青春生命的咏叹调。腔调是刻意造成的，而咏叹调则自然、清新、流丽，真从生命中流出。把《春江花月夜》的生命咏叹，推向巅峰的，是《红楼梦》中贾宝玉所作的《芙蓉女儿诔》。它是咏叹调，但因为切入心灵和投入大悲情，便转入深邃，变成中国文学史上最感人肺腑的挽歌。咏叹调倘若未能切入心灵，就容易变成小浪漫的浅吟低唱。

142

文化跟着人走。中国最优秀的文化汇集在《红楼梦》之中，曹雪芹的名字走到哪里，中国的文化精华就会跟到哪里。托尔斯泰即使被流放到中国，俄国最优秀的文化也会跟着到中国。《红楼梦》这部书常在身上，中国最好的文化就不会离开自己。文化的未来无法知晓，但可预测，千万年后，只要曹雪芹的名字和书籍在，只要中国人还认它作经典，热爱它，那么中国文化就不会沉沦，中国人的精神幸福就还有寄托之所。

143

历史变成一种原则之后，后人很难感受到历史伤痕的疼痛，即使历史化为记忆，这记忆也被抽象化了，很难让人觉得痛。唯有文学能使人心疼，使人从情感深处感到伤痛。《红楼梦》让人痛惜，痛惜那些诗意生命永远消逝了，不会再度出现。痛惜那些如蚕抽丝的诗人在地球上只生活了一个很短的瞬间，而这一瞬间不能复制，不会再来。两百多年过去了，我们发现大观园女儿国里的诗人一个个都是人诗，连不作诗的晴雯、鸳鸯等也是人诗。这些人诗的生命只有一次，在大地上的出现只有一次。在曹雪芹心中和我们心中，岁月的哀伤、历史最深的悲剧不是帝王将相的消失，而是这些人诗的毁灭。

144

最伟大的文学作品，如《红楼梦》，既有文采，又有灵魂的亮光。人的感觉器官，不仅可以感受到它的美，而且可以闻到其灵魂的芳香。嵇康虽然消失一千多年了，但我们还可以闻到《广陵散》的芳香。曹雪芹去世两百多年了，但我们不仅可以闻到贾宝玉祭奠晴雯时的“群花之蕊，冰鲛之縠，沁芳之泉，枫露之茗”的芬芳，而且可以闻到林黛玉提示“无立足境，是方干净”的禅味。这禅味，便是灵魂的芳香。功利的感官可以闻到脂粉的“味道”，审美的感官却可以闻到精神的“道味”。读林黛玉的诗，听林黛玉的说禅，都可闻到“道味”。处于人间而能享受心灵的最高幸福，便是能闻到美丽灵魂散发出来的沁人心脾的形上芳香。

145

《红楼梦》的伟大，是它为文学也为人间确立了一种大精神与大灵魂，这是对人、对生命、对青春、对情爱的无条件尊重，以及对真、对美的无条件景仰。它还明显暗示：追求锦衣玉食，追求荣华富贵，追求金银满箱，追求声色货利，灵魂就会沉沦，文学也会沉沦。《红楼梦》精神内涵的纵深度是由此大精神与大灵魂建构的。中国其他长篇小说，都没有确立这种大灵魂。《三国演义》《水浒传》离这种大精神最远，《金瓶梅》虽然也说情欲无罪，但没有确立情爱的美与无限诗意。如果能把《红楼梦》确认为人生的基本精神之源，生命状态就全然不同。

146

王国维发现《红楼梦》的宇宙性。可惜他未能对其宇宙境界进行更深的开掘。他评论《红楼梦》基本上还是用人间角度，即用人间的悲情眼睛来看人间，没有跳出人间的大框架，因此，他只看到《红楼梦》的悲剧。可是，悲剧只是《红楼梦》的一个层面。《红楼梦》的整体意象不仅是悲剧，它还大于悲剧。曹雪芹的伟大，恰恰是他不仅用人间角度看人间，还用宇宙角度看人间，也只有这种高远的角度才看到人间生命不仅在演出大悲剧，而且也在不断地演出大闹剧、大荒诞剧。

147

对《红楼梦》的阅读，开始时感到赏心悦目，之后则常有情感起伏，最后则惊心动魄。仅仅空空道人的《好了歌》，就愈读愈感到震撼。这位“道人”，对人类世界的认识如此清醒，每一句话既像家常的笑话，又像天外的惊雷警钟。这首歌，是哲学歌，是曹雪芹的“存在论”，它把人类世界的金钱崇拜、权力崇拜、色欲崇拜推向荒诞，推向幻境，推向颠倒梦想，推向无意义。它告示人间：只有从各种色相的包围中走出来，“存在”之门才能向大宇宙充分敞开。

148

心灵不是社会，不是国家，不是历史。心灵没有时间维度，只有空间维度，而且是无边界的空间维度。心灵的幅度与宇宙同一。文学是心灵的事业。文学所有的要素中，心灵属第一要素。因此，不能切入心灵的文学，不是最好的文学。《封神演义》虽然情节离奇，但文学价值很低，就因为它与心灵无关。晚清谴责小说虽鞭挞黑暗，但未切入心灵，所以文学价值也有限。《金瓶梅》与《红楼梦》的差距，关键是心灵切入度的差距，其心灵的粗细之分、深浅之分、雅俗之分，几乎可以一目了然。

149

但丁的《神曲》，不愧是与荷马史诗、莎士比亚戏剧并列的文学经典。但经典也有局限，仔细读《神曲》，就会发觉其中的各层地狱，有许多道德专制法庭。被判为荒淫罪而入地狱的不少是多情妇女。她们有点私情便被放入地火中煎烤，这倒是与中国的《水浒传》的作者思路相通：情欲有罪，生活有罪。经典是整体成就的结果，并非每一细节都是范例，更非每一理念都是真理。与但丁相比，曹雪芹对多情妇女则无条件尊重，他笔下“爬灰”（焦大语）的秦可卿，不是被送入地狱，而是被送入天堂。

150

《红楼梦》中的女儿国是现实社会的参照系。有女儿国这面镜子，才能看清名利国的虚空，炼丹国的荒诞，金银国的苍白，才能看清贾珍、贾琏、薛蟠们的花花世界没有诗意。女儿国是曹雪芹的理想国。这种理想国不同于柏拉图的理想国，柏氏把诗人逐出国门，因为这是理性的国度，实用的国度，而诗人却没有理性也没有用。与此相反，曹雪芹的理想国，其主体却是诗人，而且是女性诗人。这个国度，只求诗性，不求理性，只求美，不求用，这是诗意生命自由存在的乌托邦，是守护人类本真状态的审美共和国。

151

美国有一部《红》:《红字》。中国也有一部《红》:《红楼梦》。相同点是两者都扬弃道德专制法庭，支持欲望的权利和呼唤情爱的自由，尊重个体生命超过尊重神灵，尊重性情超过尊重理念。《红字》是对清教道德专制的批判，《红楼梦》是对程朱道德专制的批判。但是，《红字》的女子只有一个，她能守卫情爱秘密，却未能开放情爱的大门。《红楼梦》的女子则有一群，而且都在黑暗的铁门里放射着情爱的光泽。《红字》的基点是理念的，《红楼梦》的基点是生命的。

152

《堂吉诃德》是塞万提斯的一个大梦，这也许是他童年时代的一个记忆。这位骑士一路打过去，其出发点与归宿点都离不开他想象中的美貌无双的公主、朝思暮想的意中人：杜尔西内娅•台尔•托波索。

《红楼梦》中的贾宝玉，实际也是一个堂吉诃德，潜意识中也是知其不可为而为之。不过，他所战的风车，是儒教条，是炼丹术，是萨满教，是假菩萨，是千百年一贯的才子佳人文学模式。而他的出发点与归宿点也总是和一个名叫林黛玉的心爱女子相关。这一切也是曹雪芹童年、少年时的记忆。人类的精神在深层里如此相通，真是不可思议。伟大的作家往往得益于对人生人世两端的捕捉：一是人之初的童年的记忆；二是人之终末日的预感。《红楼梦》两者都呈现得极为精彩。

153

梦是潜意识的浮现。《红楼梦》是中国集体无意识最健康的一次浮现。有意识的叙事只有进入潜意识并呈现为梦，才显示为灵魂的一角。或者说，集体无意识通过梦才能得到充分展示。《红楼梦》是中华民族通过诗意个体所做的一次最伟大的梦。荷马的《伊利亚特》《奥德赛》，但丁的《神曲》，都进入很深的无意识层面，都接触到无意识的本原（神话），相比之下，歌德的《浮士德》意识太强。潜意识的深度是文学的尺度之一。愈是好作品，进入潜意识层面就愈深。《红楼梦》拥有最强的灵魂维度。它既是文学的坐标，也是生命的坐标。

154

按照弗洛伊德的说法，文学就是梦。每部文学作品都可视为作家的一场梦。《水浒传》梦的是穷人翻身做皇帝，《三国演义》梦的是皇统宗室子弟当皇帝，可惜都梦得不健康，都是中华民族经历了战乱、饥饿的创伤之后所做的梦。而《红楼梦》却跨越创伤地带，悬搁智慧果，直接与《山海经》的孩子之梦相连。那么，《红楼梦》梦的是什么？可说是“梦梦”，梦的还是梦。《山海经》里的女娲补天、精卫填海本来就是梦，《红楼梦》开篇就紧连《山海经》，梦的还是远古中国人天真的梦，知其不可为而为之的梦。《红楼梦》的第三十八回说“梦有知”，恐怕是做梦者知其不可能。曹雪芹通过自己的作品表达的正是不可能的理想，这理想是只要花开不要花谢，有花谢便有葬花人的大悲伤。少年女子恰如天地精华凝聚的花朵，也应当只有花开花放而不要有花谢花落。辛弃疾曾经呼唤“春且住”，梦想留住春天。曹雪芹的梦也是“春且住”的梦，是最真最美的诗意生命不要落入泥潭（不要出嫁）、不要落入死亡深渊的梦。世界上自古到今的作家诗人做着各种梦，但没有一人像曹雪芹这样强烈地做着净水不流入泥浊世界，花朵不进入“香丘”（坟墓）的大梦。

155

曹雪芹建构的世界，由两个对立的国度构成：一是女儿国，净水世界；一是荒诞国，泥浊世界。《红楼梦》既书写女儿国的毁灭（悲剧），又写荒诞国的兴衰（荒诞剧）。于是，小说成了悲剧与喜剧并置的艺术整体。贾宝玉站立在两个国度中间，但心向女儿国，憎恶荒诞国。女儿国是非功名、非功利的世界，野心、欲望、权力、功名这些男人追逐的东西进入不了这个国度。诗是这个国度的通行证。荒诞国正相反，重功名、重权势，生活在野心与欲望之中，权力与金钱才是通行证。贾宝玉的赤子之心是宁为女儿国的侍者与小人物，也不愿意充当荒诞国的王子与大人物。所谓女儿国，其实就是诗国。贾宝玉正是诗国的公仆（侍者）。

156

曹雪芹给《红楼梦》设置了一个“太虚幻境”的故事框架，表面是说天上之境，实际影射人间之境，它暗示人们，你争我夺的现实世界也是太虚幻境，并非实在。能意识到金钱世界、功名世界、欲望世界乃是太虚幻境，能暗示人们削尖脑袋想钻入的荣国府、宁国府、金銮殿也是虚幻之所，很了不起。本是一种幻境，人们却殚精竭虑地争个身心俱碎，这便是荒诞。所谓荒诞，正是以幻相为实相的颠倒梦想。

157

《红楼梦》嘲弄许多宗教。通过赵姨娘的作恶（加害贾宝玉与王熙凤）嘲弄萨满教；通过炼丹炼到走火入魔以致吞丹服砂而亡的贾敬，嘲弄道教；通过王夫人的手不离珠（念佛）心性残忍而嘲弄光吃斋不修炼的假菩萨（佛教），甚至还揭露馒头庵的黑暗和质疑妙玉的修道形式（“云空未必空”）。但是，整部巨著从不嘲弄禅宗，而且林黛玉和贾宝玉最深的精神交往，恰恰都在谈禅中。无论是关于“无立足境”的交流，还是关于“瓢之漂水”的讨论，都是最深刻的对话，这种对话，不是口头派对，而是灵魂互证。林贾之恋，是深邃的灵魂之恋，又是一种旷古未有的禅性之恋。

158

《红楼梦》第五回中警幻仙子所制的十二支曲，从《终身误》到《飞鸟各投林》，既是“十二钗”女子的命运预告，又是贾府乃至整个人间世界的末日预言。收尾一曲《飞鸟各投林》更是一首末日歌：“为官的，家业凋零；富贵的，金银散尽；有恩的，死里逃生；无情的，分明报应。欠命的，命已还；欠泪的，泪已尽……看破的，遁入空门；痴迷的，枉送了性命。好一似食尽鸟投林，落了片白茫茫大地真干净！”这首仙子歌乃是末日歌，整部《红楼梦》更是末日歌。它展示的人间世界最善良的诗意生命没有立足之地，最美丽的诗意心灵一个个如“水止珠沉”，最后几乎主宰门庭的竟是个名叫贾环的“冻猫子”似的劣种，而名叫“巧儿”的还算优良种子的贵族苗裔，只好送到刘姥姥家去苟活。盛宴只是一个瞬间，盛宴之后是末日废墟。

159

用哲学的大观眼睛看文学，可见到中国文学多数作品的精神内涵属于“生存”层面，而非存在层面。加缪曾说：“哲学的根本问题是自杀问题，决定是否值得活着是首要问题。世界究竟是否三维或思想究竟有九个还是十二个范畴等等，都是次要的。”（《西西弗斯神话》）莎士比亚的《哈姆雷特》，其主人公的主要焦虑是“生存还是毁灭”，是选择生，还是选择死？如果选择生，这生的意义何在？这便是存在问题。如果说，《哈姆雷特》和许多西方经典的基调是生与死的二重变奏，那么，中国文学的基调则是“仕或隐”“聚与散”以及国家“兴与亡”的二重变奏。但是，中国也有对存在意义提出叩问的大诗人，如屈原、曹操、李煜、苏东坡、曹雪芹。屈原自沉汨罗江的行为语言提出的便是自杀问题。但真正探讨如何诗意地栖居于地球之上的存在问题的是曹雪芹。

160

处于贵族阶层中的人不一定有贵族精神与贵族气质。贾府中的贾赦，纯粹是一个满身朽气的官僚空壳。而贾珍、贾琏、贾蓉等则几乎是一些包装着华贵衣衫的流氓，至于贾环，更是劣种。只有贵族阶层中的优秀个体，才能具备贵族气质与贵族精神。像曹雪芹这样的优秀者，即使贵族阶层崩溃了，他仍然是富足的精神贵族。其精神也超越贵族制度与贵族家庭。贵族精神变成一种审美范畴，就因为这种超越性而成为高雅精神的概述。《红楼梦》伟大，并不在于它描述贵族家庭的兴衰，而在于它一面完全蔑视贵族特权，一面又用高贵的精神审视生命个体，结果它发现许多非贵族家庭出身的个体生命却拥有贵族精神的内核——具有人的尊严感，晴雯、鸳鸯、尤三姐都有人的骄傲，她们均以抗争与死灭来捍卫自身的尊严。

161

贵族出身的作家诗人们，通过不同途径去体现其脱俗的高贵：有的用心灵的单纯去体现，如普希金；有的用品格的高洁去体现，如屈原；有的以精神的雄健去体现，如拜伦；有的用气质的高傲去体现，如屠格涅夫；有的用道德的完善去体现，如托尔斯泰；有的通过形式的典雅去体现，如高乃依、拉辛；有的用艺术的精致去体现，如柴可夫斯基等；而曹雪芹则兼有心灵的单纯，品格的高洁，精神的雄健，气质的高傲，道德的完善，形式的典雅，艺术的精致，并且还有一样是特别的，他通过一种对下层诗意生命的肯定与礼赞，呈现出一种既超拔又平等的最优秀的贵族精神。

162

尼采给贵族精神的定义是“自尊”。这是确切的。贵族的一大行为模式是“决斗”，身为贵族的伟大俄国诗人普希金也决斗而死。决斗的行为呈现的精神是：有一种东西比生命更加宝贵，这就是人格尊严。但是尼采却在崇尚贵族时宣扬一种蔑视“下等人”、反对“同情心”的贵族主义。他把人绝对地分为上等人与下等人，认定尊贵者的使命就是向下等人宣战，同情下等人便是弱者道德、奴隶道德。他反对基督，就因为基督代表着悲悯下层民众的奴隶道德。而曹雪芹作为贵族，他所作的《红楼梦》一方面在最完整的意义上体现着人的尊严，其主人公贾宝玉作为贵族子弟，他的内心与世俗的功名功利世界拉开最长的距离，其精神气质之脱俗，之高贵，超乎一切上等人，但是，他却又是一个准基督，不仅不蔑视下等人，而且是奴婢的知己、情人与侍者，那些身为下贱的人，他却看到她们“心比天高”。他兼有贵族的高精神和基督的大慈悲，是人世间内心最丰富、最美丽的“贵族少年”。曹雪芹实在比尼采伟大得多。

163

屈原与曹雪芹，一先一后，形成中国贵族文学并峙的两座巅峰。他们中间也出现过六朝大谢（谢灵运）、小谢、沈约的贵族文学，可惜这段文学形贵神俗，玩声律、玩语言、玩形式玩得走火入魔，但精神内涵却显得苍白。而屈原、曹雪芹则是形贵神也贵。屈原以精神的高洁体现贵族精神；曹雪芹以精神的空寂体现更高级的贵族精神。有佛性、有禅性，才有空寂。林黛玉的“人向广寒奔”“冷月葬花魂”，是在人间孤独到极点之后而产生的空寂。空寂不是牢骚，不是怨怒，而是超越世俗之地而向宇宙深处的飞升，是与常人状态拉开远距离后的高度清醒意识。

164

庄子散文与《红楼梦》都有奇丽的想象力，都是中华民族文学的极品。但两者相比，庄子骨子里是冷的，《红楼梦》则是热的。庄子缺少曹雪芹那种爱的热忱。尽管小说中的人物，其情爱都失败了，但生命的激情还在爱的失败中，最高的诗意处处与爱的失败相连。所以曹雪芹满纸是泪，而庄子没有眼泪，妻子死的时候也没有泪。

165

陶渊明因拥抱大自然而获得解脱，但就境界而言，他还未进入大宇宙。他之前的庄子有宇宙感，但也太沉醉于自然。老子的《道德经》崇尚自然，又有宇宙之声，不可道之道与不可名之名乃是宇宙的神秘。慧能更是一个奇迹，他的心灵没有过程，一步就把握事相之核，直达宇宙之心。王国维说《红楼梦》具有宇宙境界，是自始至终都有一个宇宙语境在，贾宝玉、林黛玉的潜意识中就有一个宇宙在。林黛玉说“无立足境，是方干净”，暗示的正是人只有站在比人更高的宇宙高处才能了解自身，她的大化之境不仅是山林田园的自然之境，而且是山林田园之上的无限浩瀚的宇宙之境，比陶渊明的大化更为辽远。远到“天尽头”，远到有名如同无名的三生石畔与灵河岸边，远到女娲补天时的鸿蒙之初即大化之始。

166

所谓用全生命写作，包括投入意识与无意识。天才的创造特点，是无意识的创造，即神的创造与灵感的创造。杨慎说：“庄周、李白，神于文者也，非工于文者所及也。文非至工，则不可为神；然神，非工之所可至也。”(《总纂升庵合集》卷二十一，转引自《中国美学史资料选编》，第一百零九页）这里所说的“工”是人为的刻意的努力，而“神”则是自然的无意识的涌流。中国文学家中能“神于文”者的天才除了庄子、李白外，还有曹操、陶渊明、李煜、李贺、苏东坡等，唐代诗人中，李白与杜甫的区别，李贺与贾岛的区别，便是“神于文”与“工于文”的区别。而曹雪芹则是又神又工，既是天才又是呕心沥血的巨匠。

167

西晋末年，政治异常黑暗，贵族知识分子纷纷南迁，文化重心也随之南移。此时，出现中国文学的一次大“玩贵族”的现象。汉赋属“玩宫廷”，玩出了一番气象，而六朝的谢灵运、周颢、王融、沈约、江淹、徐陵及梁武帝父子等“玩贵族”，也玩出一番声色。玩贵族与玩宫廷一样，都是玩形式。司马相如的“一宫一商”，到了谢、沈手中，变成“五色相宜，八音协畅”，玩声律玩得入迷。“贵族”不是不可玩，《红楼梦》就大有贵族精神，曹雪芹在《红楼梦》里写尽各种文学形式，小说中有诗，有词，有赋，有诔，有咏叹调，有散曲，诗中又有五律、七律、排律等，形式极丰富，然而，全书最丰富的不是形式，而是灵魂，是情感。《红楼梦》可说是“富贵”到极点，但这是精神的富贵，极为丰富又极为高贵。

168

《红楼梦》中有一性情与性灵世界，这个世界未确立之前，人的身体只是女娲捏成的具有人形的一团泥。泥一旦有了性情与性灵才升华为人。人是历史积淀的结果，心理则是文化积淀的结果。薛蟠没有文化，只有欲望。他还只是一团泥，一个欲望体，不是心理存在，更不是精神存在。水溶（北静王）、秦钟和甄宝玉，自然是另一种气象，非薛蟠们可比。可惜表面是玉，内里还是泥。《红楼梦》中关于人的问题是石头要化为泥本体还是化为玉本体的问题。石头伴随着水，水可以把石化作泥，也可以把石洗练成玉。贾宝玉这块玉，通过林黛玉的水（泪）洗练而保持玉的光辉。如果没有林黛玉，贾宝玉就可能变成水溶、秦钟或甄宝玉，形象还是清清脱脱，内里却浑浑浊浊，至少也是一肚子“酸水”（贾宝玉称甄宝玉说的话是“酸论”）。

169

前文说过，《红楼梦》的精神内涵有“欲”“情”“灵”“空”四个维度，王国维的“评红”运用叔本华的学说，太偏重阐释“欲”的一维。此处还应补充说，《红楼梦》中“欲”的执着和“欲”的拒绝，其冲突是很激烈的。泥浊世界的主体角色们（国贼禄鬼色鬼名利之徒等）是执着派；贾宝玉和净水世界的女儿们是拒绝派与反抗派。《红楼梦》的悲剧正是反抗派归于寂灭。王国维说“欲”是悲剧之源，把“玉”等同于“欲”，只看到“欲”的执着，未看到“玉”对“欲”的反抗，显然是偏颇的。

170

“五四”新文化运动发现孔夫子所代表的儒家旧文化扼杀中国人，发现礼教“吃人”，但没有发现真正可怕的、大量杀伤中国人的美好心性与美好灵魂的文化，是《三国演义》文化与《水浒传》文化。这两部所谓典籍，其刀刃伸进了中国人的潜意识深处，把中国人好的基因全都毒害和腐蚀了。“五四”新文化运动发现明末散文与明末三袁的文学思想与“五四”相通，但没有发现与“五四”新文化灵魂最相通的而且是真正先驱者的是曹雪芹，所以未能把《红楼梦》作为人的旗帜及妇女、儿童的旗帜。

171

中国文学史写作者，动不动就说中国古典小说的“四大名著”，把《红楼梦》和《三国演义》《水浒传》同日而语，分不清《红楼梦》和《三国演义》《水浒传》的巨大差别。这种差别可以用天渊之别与霄壤之别来形容，而最关键的是《红楼梦》系生命之书，而后两者则是反生命之书。曹雪芹在生命之中又发现诗意生命，所以才写出如此动人的生命赞歌与生命挽歌。而中国人进入《三国演义》《水浒传》之后，生命便发生全面变质。有人说《三国演义》很有诗意，其实，它恰恰没有诗意。权谋、心机最没有诗意。《红楼梦》中的生命，贾宝玉、林黛玉、晴雯、鸳鸯等最有诗意，因为她们远离心术权谋。所有的诗意都来自没有变质变形的生命本真状态，都来自那种不被污染的质朴的内心。

172

《红楼梦》与《三国演义》，其精神内涵的对立，是自由心灵与变态心机的对立，两部小说主题的对峙本身就是中国文化的一大寓言。《红楼梦》让人走向婴儿状态即生命的本真状态，《三国演义》让人走向狼虎状态即人心的黑暗状态。《红楼梦》中的女儿国是与“三国”对立的另一种质的精神国度。“三国”所崇尚的是谋略，女儿国崇尚的是诗。诗国全然不知“谋略”为何物，甚至不知“机智”为何物。生活在女儿国中的贾宝玉是一个离“三国”最远，在心灵上与之对立最深的男性。他拒绝功名，拒绝权力，拒绝世故，拒绝心机，更是拒绝损害他人，整个人生中没有发出一句伤害他人的话。在

《红楼梦》与《三国演义》中作选择，其实是在作灵魂的选择。

173

在《三国演义》中，女子好像是马戏团里的动物，全被所谓英雄任意驱使。尽管表演得相当精彩，但毕竟只是美丽的动物。其中令人赞赏不已的貂蝉与孙夫人也不过是高级动物与高级工具而已。《水浒传》中的女人命运更惨，她们不仅是动物，而且是英雄任意屠杀的动物。潘金莲、潘巧云等都是被宰割肢解的动物。唯有《红楼梦》中的女子，特别是少女，她们才是人，即使被摧残过，但在摧残中她们也放射出生命的光辉。《三国演义》和《水浒传》对女子没有审美意识，只有政治意识与道德意识。《红楼梦》对女子却全是审美，而且审到心灵深处。与《三国演义》《水浒传》相比，《红楼梦》就如佛光普照，阳光普照，这两种光芒照亮黑暗社会所蔑视的一切：女子，孩子，戏子，尼姑，特别是丫鬟——处于社会底层的奴隶。作者的慈悲心覆盖一切：它不是歌颂社会光明，而是用光明覆盖社会。

174

罗素在《西方哲学史》的第二十三章里专门论述拜伦，并论述贵族叛逆者与农民叛逆者完全不同。他说："拜伦在当时是贵族叛逆者的典型代表，贵族叛逆者和农民叛乱或无产阶级叛乱的领袖是十分不同类型的人。饿着肚子的人不需要精心雕琢的哲学来刺激不满或者给不满找解释，任何这类的东西在他们看来只是有闲富人的娱乐。他们想要别人现有的东西，并不想要什么捉摸不着的形而上学的好处。"罗素这一分别如果借用来观看《红楼梦》与《水浒传》倒是很有趣味的。贾宝玉这个贵族叛逆不同于李逵、武松这些农民叛逆。后者没有形而上的反抗。贾宝玉的反叛，其深刻意义在于他的反叛是比政治反叛、经济反叛更为深刻的美学反叛，因此，他的目标不是有饭大家吃的经济平等和低等自由，而是存在方式、思维方式、审美方式的选择自由，即心灵的高级自由。武松、李逵只有道德意识，没有审美意识，贾宝玉却有极高的审美意识。《红楼梦》的道德法庭（贾政所代表）是被审美法庭审判的劣等法庭；而《水浒传》中的道德法庭却是一个比政治法庭还要可怕的、黑暗无所不在的法庭，它把审美法庭压迫到无处可以藏身。武松、李逵这些政治反叛者同时又是道德法庭中最残酷的刽子手。因此,《红楼梦》是争取生活、追求生活,而《水浒传》则是宣示欲望有罪、生活有罪。

175

林黛玉、贾宝玉欣赏《西厢记》，就因为它展示情爱生活的美好与诗意。《红楼梦》把少年女子提高到历史本体的地位，不仅林黛玉是历史本体，她用诗所评论的王昭君、绿珠、虞姬等女子，也给予历史本体的地位。历史的本体不是事件，而是人，尤其是女子，这是《红楼梦》的历史观。

176

《金瓶梅》与《红楼梦》都写人性，但前者写的是粗糙人性，后者写的是精致人性。《红楼梦》即使写奴婢（如袭人、晴雯、鸳鸯等），其人性也精致至极。《芙蓉女儿诔》礼赞晴雯“其为质则金玉不足喻其贵，其为性则冰雪不足喻其洁，其为神则星日不足喻其精，其为貌则花月不足喻其色”。质贵，性洁，神精，貌美，四者兼有，一个丫鬟的人性尚且如此精美，更何况林黛玉等贵族少女。在曹雪芹眼里，身份有尊卑，人性却无贵贱，这是他所把握的人性“不二法门”。《金瓶梅》人物最贤惠的是西门庆的妻子吴月娘，她宽厚而不嫉情，能容纳西门庆诸多小妾，维持其家庭的“安定团结”，确实不简单，但其人性，却只有道德价值，没有审美价值，“精致”二字，还是和她连不上，更莫论潘金莲、李瓶儿等。

177

中国的放逐文学可分为三类：被国家放逐（如屈原、韩愈、柳宗元、苏东坡）、自我放逐（如陶渊明）、放逐国家。第三种的代表是曹雪芹。在他身上，没有国家概念，《红楼梦》的第一回就重新定义故乡，批评“世人”不知故乡何处，“反认他乡是故乡”。他先放逐国家概念，而后又放逐国家实体，即放逐朝廷。所以才让贾元春说出宫廷是“不得见人的地方”。至于文化，那就在他身上，但不是国家文化，而是禅宗文化、隐逸文化、自然文化等中国各种文化精华。他只有文学立场、人性立场，没有国家立场与民族立场，也没有家族立场。林黛玉流了那么多眼泪，没有一滴是为国家而流的，更不用说一滴血，贾宝玉则身在国公府，心在女儿国。

178

历史具有暂时性与积累性两大特点。文化是积累性的结果。人性是通过文化的积累而形成的。积累才是根本。人离开积累、离开社会就剩下两条出路：一是退回动物界；二是走向绝对神秘（或宗教）。把《红楼梦》视为“反封建”，只讲到历史暂时性的一面，而未触及永恒性的一面。唯其人性（包括潜意识）与现实规范（包括礼教规范）的冲突，才是永恒的冲突。《红楼梦》写出被压抑的真情真性，即找不到出路、陷入困境的真性真情，这才是《红楼梦》的永恒之源。

179

王国维说“太白纯以气象胜”（《人间词话》）。气象，确实可以作为一种文学标尺。然而，李白真正的“胜”处是他的奇丽想象。气象只是奇丽想象力的表征而已。李白笔下的气象乃是自然气象，而精神气象则远不如曹操、李煜、苏东坡，更不如曹雪芹。精神气象产生于内心空间，它不是自然图画，其恢宏难以察觉，只可感受与领悟，尤三姐、鸳鸯的自杀和林黛玉、晴雯之死，都展现了一番奇丽的精神气象。

180

《世说新语》不写帝王功业，只写日常生活，它记录了许多逸闻趣事，呈现了许多人物的音容笑貌，从而奠定了中国小说的喜剧基石。《儒林外史》可以说是《世说新语》的伸延与扩大。中国小说有轻重之分，“重”的源于《史记》，“轻”的源于《世说新语》。《三国演义》《水浒传》都太“重”，学得走样。《红楼梦》则轻重并举，而且以轻驭重，有思想又有天趣，极深刻的思想就在日常的谈笑歌哭中。

181

如果借用佛教的“大乘”与“小乘”两大概念来划分与描述，“小乘”式作家侧重于独善其身，弘扬个性，追求生命自由；“大乘”式作家则偏重于拥抱社会、关心民瘼，富于大悲悯精神。能兼二者的长处更好，但二者都可能“走火入魔”。前者走火入魔则孤芳自赏、我行我素、冷漠人间；后者走火入魔则以救主自居，把自己的良心标准化和权威化，并以此号令社会。鲁迅说自己常在“个人主义”与“人道主义”中起伏，也可解说是在“大乘”与“小乘”的两种倾向中摇摆。托尔斯泰的晚年二者兼得，既自我完善又关怀民瘼。曹雪芹也是二者兼得的天才：个体自由精神与大慈悲精神全在《红楼梦》中。

182

立意要紧，立境更要紧。立足于生命语境与立足于家国语境历史语境，很不相同。在精神层面上个体生命比一个星球还大，它可以伸延到无限的浩瀚。个体生命不是白驹过隙，它可以进入神秘的永恒。生命与宇宙可视为一个概念的两面。写作离不开家国、历史题材，但立足之境则一定是“生命—宇宙”语境，“生命—宇宙”语境大于“家国—历史”语境。王国维说《红楼梦》不同于《桃花扇》的家国境界，乃是宇宙的境界，就因为它放逐了世俗的故乡、国家理念，贾宝玉的“出走”便是否定家国而回归无边界的感情故乡，承认有一种比家国更根本、更永恒的存在。

183

曹雪芹出身于满洲八旗的包衣世家，他在汉文化中生长，具有汉文化的巨大底蕴，但他的家庭又是满族皇帝的宠臣，这使他身上又天然地带有异族的野气。这种野气注入汉文化，便产生活力，也产生大气。《红楼梦》不仅有布满诗意的细节描写，还有宏大的史诗构架，其内外视野又直逼天地之初，这正是野气、大气使然。仅有汉族的文人气，恐怕产生不了《红楼梦》。清代的著名文学家李渔，身上就缺少曹雪芹的大气，只有文人气，因此，虽有才气，却没有作品的大格局。

184

禅入文学，给文学带来巨大活力，文学的本性是自由，禅的本性也是自由。禅进入苏东坡，苏东坡就不同于韩愈、柳宗元、欧阳修等。受禅影响，就是受自由精神影响。对于文学，禅是伟大的解放力量。如果没有禅，《红楼梦》就不能如此彻底地放下偶像，放下概念，放下家国，也不能如此坚定地守持文学的自性（本性），拒绝文学之外的他性——政治性、功利性、党派性、市场性等。

185

禅宗要打破的我执，是假我之执，并非真我之执。倘若让慧能来解《红楼梦》，他要打破的是甄宝玉的世俗妄念之执，而不是贾宝玉的本真之执。贾宝玉的本真状态，愈执愈好，愈执愈明心见性。贾政痛打贾宝玉，其棒喝的错误，是要打垮儿子身上的真我，从儿子身上呼唤出甄宝玉（假我）。秦业痛打秦钟，也是想打掉真秦钟，呼唤出假秦钟。贾政与秦业都是通过专制的手段，强迫自己的子弟按照常人的欲望标准重新编排生命。

186

秦钟的父亲秦业得知秦钟与智能的情爱信息后，怒不可遏，不仅痛打，而且打得元气大伤以致死亡。贾政也差些把贾宝玉打死。但是贾政、秦业面对儿子的累累伤痕，只有愧对祖宗即没有培养出光宗耀祖之后代的罪感，而没有摧残儿子、破坏后辈心灵的罪感。贾政文化是面向过去、面向门第（祖宗）的文化，不是面向未来、面向生命的文化，他即使把贾宝玉打死，也不会有恐惧感，只有当贾母出现时，他才诚惶诚恐。中国人被科场、官场抓住心灵之后价值观念全然颠倒，人类的基本价值观念——生命拥有最高价值的观念，全然消失。

187

禅不立文字，其思想却经得住一千多年的风吹浪打，即经得住历史的严酷筛选，留了下来。它不喧哗，不膨胀，不自售。但默而不沉，经久而不灭，可见思想的真金子是不怕时间的冲洗的。禅宗六祖慧能，一个不识字的宗教领袖，慈悲仁厚，但其心灵的力度却力透金刚，他拒绝任何偶像崇拜，拒绝进入一切权力构架，甚至拒绝唐中宗和武则天召他入宫的圣旨。贾宝玉的性格虽然至温至柔，但心灵也有强大的拒绝力量。他拒绝世俗世界关于人生编排的种种认识，也拒绝皇统道统所规定的道路。《红楼梦》中林黛玉与贾宝玉谈禅时，言语很简单，但意思很丰富又很有内在力量。什么才可称为“以心传心”，林、贾的禅性派对，便是典型。

188

与“空”相对立的概念是“色”，与“色”相连的概念是“相”。相是色的外壳，又是色所外化的角色。去掉相的执着和色的迷恋，才呈现出“空”，才有精神的充盈。《金刚经》所讲的我相、人相、众生相、寿者相等，都是对身体的迷恋和对物质（欲望）的执着。中国的禅宗，其彻底性在于它不仅放下我相、人相、众生相、寿者相，而且连“佛相”本身也放下，认定佛就在心中，真正的信仰不是偶像崇拜，而是内心对心灵原则的无限崇仰。深受禅宗思想影响的《红楼梦》，其所以有力度，便是它拒绝一切权威相、偶像，包括佛相、道相。甄宝玉说：“这女儿两个字，极尊贵、极清净的，比那阿弥陀佛、元始天尊的这两个宝号还更尊荣无对的呢！”（第二回）有此力度，也才有整部巨著的全新趣味：蔑视王侯公卿和醉心于功名货利的文人学士，唯独崇尚一些名叫“黛玉”“晴雯”“鸳鸯”的黄毛丫头，以至视她们为最高的善，胜过圣人圣贤。要说离经叛道，《红楼梦》离得最远，叛得最彻底。

189

林黛玉与贾宝玉谈禅，并借此探情：“宝姐姐和你好你怎么样？宝姐姐不和你好你怎么样？宝姐姐前儿和你好，如今不和你好你怎么样？今儿和你好，后来不和你好你怎么样？你和他好他偏不和你好你怎么样？你不和他好他偏要和你好你怎么样？”面对这一问题，宝玉最好的回答也许是“好就是了，了就是好”，但他还是表白自己专一的恋情。小说文本写道：宝玉呆了半晌，忽然大笑道：“任凭弱水三千，我只取一瓢饮。”黛玉道：“瓢之漂水奈何？”宝玉道：“非瓢漂水，水自流，瓢自漂耳！”黛玉道：“水止珠沉，奈何？”宝玉道：“禅心已作沾泥絮，莫向春风舞鹧鸪。”黛玉道：“禅门第一戒是是紫鹃的一声“别靠近”的警告。宝玉这种特殊的挫折感，可引申出政客与诗人的基本分别：对于政客，被敌人打败最伤面子；对于诗人，被朋友知己遗弃，最伤自尊。屈原的《离骚》那么伤感，正因他是被兄弟所抛弃（他把楚怀王视为兄弟），而不是被敌人所打击。

259

《红楼梦》描写隆重的葬礼，但从不写隆重的婚礼。按照宝玉的人生观，女人出嫁并非好事，这是女子从净水世界走到泥浊世界的开始，也是生命败谢的开端。

曹雪芹有几次描写婚礼的机会，迎春出嫁、探春出嫁、湘云出嫁、宝琴出嫁等，但他都不写。如果写起来，宝玉又会有另一番伤感，在他的潜意识世界里，这是少女从此丧失本真状态，其心底的大悲悯，语言很难表述。青春永在，少女永存（不要出嫁），是《红楼梦》诸梦中最深的痴梦。在此梦里，包含着曹雪芹一种非常清醒的大思想：中国少女一旦出嫁，势必进入严酷的伦理系统，势必丧失个体生命的独立自由而成为男人的附属品。即使丈夫怜爱，严酷的公婆也会剥夺其青春的活力。

260

两百年前，曹雪芹就通过《红楼梦》唱出《好了歌》——人间争夺权力、财富、功名的荒诞歌，就道破人类不知停止的贪婪欲望，就说出了那么深刻的贫富悬殊的不公平。也就是说，在两百年前，曹雪芹对世界的认识和对人性底层的认识就如此深刻。这真是奇迹。《好了歌》的时代至今没有结束，歌中所指出的荒诞戏剧不仅没有完了，而且愈演愈烈。人们愈“好”，愈不知“了”。愈是拥有权势财势，欲望就烧得愈旺。《红楼梦》既是生命的挽歌，又是人类末日的序曲。

贾宝玉作为贵族子弟，他的特别处正是看穿“世人”所追求的一切（金银、娇妻、功名等）并不高贵。《红楼梦》的基调不是“忧国”，也不是“忧世”，而是忧生，和《桃花扇》《水浒传》《三国演义》的基调全然不同。忧世是家国群体关怀，忧生则是个体生命关怀。《好了歌》是忧生歌。正方向忧的是“好”——女子、女儿这些诗情生命太易“了”；负方向忧的是“好”——色相、色欲这些欲求妄念太难“了”。

261

在基督的眼中，世界并不是“太虚幻境”，而是上帝创造的实在；人生也并非“太虚幻境”，而是上帝安排的实在。在释迦（佛家）的眼中，世界与人生倒是太虚幻境，没有实在性。《红楼梦》受佛教的思想影响很深，整部小说都在暗示：无论是大观园内或大观园外，都是真太虚，没有实在性。一切如梦如幻，转瞬即逝。权力是太虚，财富是太虚，功名是太虚。但是，来到人间的过客们（宝玉、黛玉等）却也发现诗国，发现净水世界。世界中的眼泪，人间中的真情谊，又非虚非假。倘若全是假，全是太虚，为什么又要思念它，呈现它，描述它？曹雪芹毕竟是人，不是佛，他的内心有矛盾、有彷徨、有解不开的世界之谜和人生之谜。真真假假，虚虚实实。《红楼梦》即便是人文科学著作，也无法提供世界与人生最后的谜底。

262

柳湘莲在尤三姐拔剑自刎后，知道自己犯了致命的错误。在江津渡口上，他遇到道士，便仰首问道："此系何方，仙师仙名法号？"道士笑道："连我也不知道此系何方，我系何人，不过暂来歇足而已。"这番话，令柳湘莲大彻大悟，他拔出剑来，斩断烦恼丝，随道士远行。

道士所说的话，可视为曹雪芹人生观的要义：人到地球走一回只是到地球上歇脚而已，用现代学术语言表述，人生只是一种暂时性存在，瞬间性存在，过客性存在。确认这种存在形态之后，"我是何人"即扮演何种世俗角色便不重要。道士的话启迪我们：角色的意义并非人生的意义，"我是谁"的问题不可由世俗的理念和编码来规范与确定。大道士也不可能用他者的命名来界定自己。他的回答便是角色的空化无化。曹雪芹也是经历了世俗角色的空化才能创作出《红楼梦》之无上境界。

莎士比亚笔下的奥赛罗，他一旦发现自己误杀妻子，便立即拔剑饮恨自刎。西方许多“大丈夫”和贵族王侯，可以宽恕别人，但不能宽恕自己。中国的士大夫甚至普通百姓，似乎正相反，总是能宽恕自己，但不能宽恕别人，“恕道”只归自己。但《红楼梦》中的柳湘莲，他发现自己误解了尤三姐之后，也不能原谅自己。他断发出家，了结情缘，固然受到道士的启迪，但也因为无法宽恕自己。巴金在《随想录》中说他曾经写过文章批判胡风，此事别人可以原谅自己，但自己无法原谅自己。能正视自己的错误与罪责，才有生的严肃，情的真挚。

263

“风月宝鉴”暗示：躯壳再美也要化作骷髅。色是暂时的，虚幻的，表象的。人死后什么也没有，唯“无”是真的，唯活着时所感悟的宇宙本体是真的，唯太初的单纯是真的。还有，“骷髅”也是真的。

肉体变成骷髅，看得见，灵魂变成骷髅，看不见。人们常说：人死了，灵魂还在。以为这是正题。其实反题更真实、更普遍：灵魂先变成骷髅，而后才是肉体变成骷髅。即神死先于形死，心死先于肉死。拼命追求王熙凤的贾瑞，在风月宝鉴面前，不知骷髅的暗示，终于无法自明与自救，死得很惨。薛蟠、贾环、贾蓉、贾赦等“行尸走肉”者，其肉还在，其灵早已成了骷髅，只是他们不可能意识到这一层。骷髅是“此在”的参照系，宝鉴中有这一面在，我们才知道另一面——色的真相。活人如果明了骷髅的真实，存在的清明意识就会产生。

东西寻求，内外寻觅，求道觅道。到底道在哪里？我喜欢庄子的回答：道在瓦罐中。面对瓦罐尚可悟道，更何况面对碧空之广、沧海之阔、宇宙之渺远。处处有道，时时可以悟道，道就在日常生活中，就在眼前，就在附近，就在身边。秋花秋叶在秋风中飘落，多么平常，林黛玉却悟出《葬花吟》那一篇生灭“大道”。而贾宝玉，面对龄官在地上书写一个“蔷”字，看得发呆，此一瞬间，哪里仅仅是惊讶于痴情，他悟到的应是天地间的根本，时空中的永恒，阳光下最后的真实了。晴雯临终前留下的那一片指甲，有如《卡拉马佐夫兄弟》小说中那棵拯救灵魂的“葱”，它除了激发贾宝玉写出了《芙蓉女儿诔》的千古绝唱，一定还给宝玉留下永远的良心的乡愁。

265

各种宗教、哲学都有其彻底性。基督教主张爱一切人，包括爱罪人，爱敌人。佛教主张尊重一切生命，包括非人的虎豹鱼虫。禅更彻底，不树偶像，不立文字，不崇尚经书典籍，只相信觉悟的一刹那、一瞬间。“千经万典，不如一点。”无数说教，不如明心见性、大彻大悟的那一时间点、质变点，即所谓“梦里寻他千百度，蓦然回首，那人却在灯火阑珊处”。千部经书，万部典籍，不如悟到真理的那一片刻。禅宗实际上是以“悟”替代“神”的无神论。所以它才说悟即佛，迷即众。

宝玉和宝钗关于人品根柢的辩论中，宝钗引了许多圣贤之语，但宝玉答道：“……你可知古圣贤说过‘不失其赤子之心’？”宝玉在这里拥有哲学的彻底性，他穿越圣贤的千经万典，穿越万水千山，穿越覆盖层，直达深渊之底，只取一点，就是不失赤子之心，就是保存生命的本真状态。丧失人生之初纯朴的内心，还有什么圣贤可言，宝玉与黛玉谈禅时也说：“弱水三千，我只取一瓢饮。”千经万典中只取一点明澈的真理。这种彻底性，是老子、庄子、慧能的彻底性，也是曹雪芹哲学的彻底性。

266

贾敬只求“术”，不求道，只求末，不求本，对炼丹术走火入魔，最后吞砂过量而身亡。求道而不“知道”，既是悲剧又是荒诞剧。老子所说的“复归于婴儿”，贾敬就是炼一千年丹也复归不了。

贾敬求道而离道很远。王夫人则念佛而离佛很远。金钏儿跳井而死，是她逼死的，但她不敢面对罪恶，却要利用菩萨来掩盖自己的罪恶。手中的佛珠没有一颗连着诚实。佛早已进入宝玉的心灵，却从未进入她的心灵。慧能的心性——自性本体论（明心见性），正是看透人间有太多假菩萨：只有菩萨相，没有菩萨心。所有的道，无论是宗教之道、哲学之道，还是文学之道，未能切入心灵者，皆非大道与正道。

267

日本大作家三岛由纪夫把他最不喜欢的文章称作“娘娘腔”，而历来评论家把“女人气”也视为败笔。如果这是强调写作的力度，守护文章的骨骼，倒是没什么可非议的。但是这种比喻在骨子里深藏着对女子的蔑视。《红楼梦》发出另一种相反的信念，敲下另一种警钟，这就是小心“男子气”的污染。在宝玉眼里，男人世界是泥浊世界，“男人气”往往连着泥浊气，铜臭气，方巾气，功名气，甚至是霸气、酸气。王熙凤有男人气魄，可是也染上男人的霸气，结果变得心狠手辣，一副铁石心肠。探春想作一番男人的事业，结果也染上男人世界的势利毒菌，连自己的亲舅舅（赵国基）都不认。在写作生涯中，女作家有气魄自然好，但不可染上“男人气”，一有这种泥浊气息，则陷入功名深渊，丧失女作家的柔性魅力。女作家雄性化，只会埋葬文学的审美维度。

268

《水浒传》的主人公兼主要英雄，如李逵、武松等，均有两个特征：一是不近女色；二是善于杀人，尤其是善于杀女子。《红楼梦》的主人公，也是另一意义的英雄。贾宝玉有两个相反的特点：一是近女色；二是不伤人更不伤女子。中国文化呈现于小说中的天差地别，仅从这一分殊，就可知大半。

269

通过写女子而呈现人的高贵，西方文学早已有之。希腊悲剧中的《特洛伊妇女》就是杰出的例证。它呈现的是亡国之后宫廷女子不屈的人格与生命的尊严，希腊的军队可以消灭一个国家，但消灭不了一群女子的高贵本性。中国最早注意到这一戏剧的是周作人，他赞美此剧代表他在美学上的深度。而在中国，女子显示高贵的作品很少。《杜十娘怒沉百宝箱》及《聊斋志异》中的

《细侯》等作品虽有，但无法与《红楼梦》相比。林黛玉、妙玉其高贵不必说，就连晴雯、鸳鸯、尤三姐也极高贵，也有不可征服的生命尊严。贵族少女"质如日月"，平民少女的丫鬟"心比天高"。《红楼梦》的女子与希腊女子精神中都有一种"硬核"：如同鹰鹫（远离家禽）的贵族精神。所谓贵族精神，其对立项，不是平民精神，而是奴才精神。

270

影响中国历史最大、最深刻的，不是革命，不是战争，而是文化。换句话说，革命与战争的影响是一时的，文化的影响才是久远的。禅文化带给中国历史的大变动是真正的大变动。把禅划入一种学派，一种教类，太贬低禅。它是一种大文化，大世界观，大方法论。《红楼梦》最精彩地体现这种世界观。它否定争名夺利的存在方式，否定向物欲、向权力倾斜的世界图式。它是人生本真本然的文化导向。你可嘲笑这只是梦，但无法否认它确立了大灵魂的坐标，确立了贾宝玉式的非功名、非功利、非算计的立身态度。

271

说生命在进化是对的，说生命在退化，也是对的。就精神生命而言，曹雪芹和他的灵魂投影贾宝玉显然觉得生命在退化。他在与宝钗的辩论中说：“既要讲到人品根柢，谁是到那太初一步地位的？”在宝玉看来，人的品性谁也不及天地草创之初即《山海经》时代的水准，也就是说，人离太初愈来愈远，其品性也愈来愈丑陋。他和老子一样，是生命退化论者。（老子“复归于朴”“复归于婴儿”的命题，正是建立在退化论之上。）在贾宝玉看来，尽管产生无数古圣贤教你怎样生活，怎样生长进步，但人类的生命怎么也不及太初的单纯与质朴。人一面在学知识，一面在脱离生命之初的本真本然。林黛玉对宝玉的启迪，是呼唤他向原生命靠拢，向生命本真靠拢。宝钗的呼唤与黛玉相反：黛玉呼唤他走向生命，宝钗呼唤他走向功业。两者虽然都有理由，但曹雪芹显然认为，功业派生功名的争夺，它可能腐蚀品性，所以他让自己的人格化身贾宝玉，把最深的爱投向林黛玉。

272

《红楼梦》不仅有“亲爱”之情，而且有“亲亲”之情。亲爱之情是贾宝玉和林黛玉、薛宝钗、晴雯等女子的情感纠葛；亲亲之情则是贾宝玉与祖母、父母及兄弟姐妹的血缘眷恋。两者都有大温馨。与西方的个体本位文化相比，中国文化固然较少对个体生命权利的支持力量，但是这份深厚的人际温馨则是西方文化的阙如。《红楼梦》所以经久不衰，不仅被少男少女所爱悦，也为其他成年的天下父母所爱悦，就因为它除了有恋情之外，还有一份浓厚的亲情。《红楼梦》虽然厌恶儒家的治国平天下之思，却有儒家的亲情意识。除了恋情、亲情之外，贾宝玉还有一份也很真的世情。他在府内尊重丫鬟戏子是世情，在府外与边缘人柳湘莲、蒋玉菡等交往也是世情。他的恋情有“痴”之美，亲情有“憨”之美，世情有“诚”之美，三者相通的是真之美。

273

德国哲学家谢林（Schelling）说艺术勾销时间。但他没有说，艺术可以勾销空间。不论是文学还是艺术，其永恒性都是站立在空间向度上而不是站立在时间向度上。也就是说，在人的内心深处与人性深处，时间没有意义，一瞬间与一万年没有区别。对于作家，不仅是万物皆备于我，而且是千秋万代皆备于我。真正的诗人把王朝的更替不当作一回事，也把家国一时一地的分别推向无意义。唯一有意义的是捕住瞬间，深入瞬间，通过瞬间而抵达时空的无限。《桃花扇》与《红楼梦》之境界的重大区别就在于此：《桃花扇》执着时间，执着于一朝一夕之事；《红楼梦》则勾销时间，放逐时间，把生命的血脉与宇宙本体互相联结，把小说的语境推向无限。

274

明末散文抒写个人日常生活确有真情真性。它的功劳是告别唐宋八大家那种与国家权力合谋的思路，把文学内涵的重心从家国情怀转入个人情怀。它的缺点是其散文均未切入大灵魂、大关怀，所以显得太轻。《红楼梦》则承继其长处，把真性情的抒写推向极致，又在性情中切入大灵魂与大悲悯。于是，它除了具有明末散文的人性气息之外，还有横贯天地古今的神性气息。它不仅高于历史，高于道德，也高于性情。所以它抵达宗教般的天地大境界，但又不是宗教，或者只能说，它是把审美推向天地境界的另一类的“宗教”，没有偶像、没有崇拜，但有对真与美神仰的“宗教”。说《红楼梦》是文学圣经，其中的一项意义也在于此。

275

诗人的气质差别很大，李贺与贾岛在诗歌史上都似鬼才，但两者气质迥然不同。李贺虽家道中落，但毕竟出身于皇族（远支），身上还有贵族气，天然地看淡功名。所以他的诗，很有天地宇宙的浑然大气。“遥望齐州九点烟，一泓海水杯中泻”“骨重神寒天庙器，一双瞳人剪秋水”“眼大心雄知所以，莫忘作歌人姓李”，随手拈来，句句是气宇非凡，不同凡响。贾岛与之相比，气与质都显得微弱。贾虽善于经营技巧，善于推敲词句，但缺少李的恢宏，显得匠气有余，大气不足。《红楼梦》中的诗，尤其是其代表作《葬花吟》《芙蓉女儿诔》等，词采斐然，但没有匠气，倒是有李贺的贵族气与“眼大心雄”的非凡气。从精神气质上说，曹雪芹与李贺相同，与贾岛却相去很远。

276

文学最根本的要素之一是想象力。文学的特殊功能可说是对人类想象力的极限进行挑战，也可说是对人类的心灵深度的极限进行挑战。卓越的作家在挑战面前不断转换视角。中国的诗人屈原、李白、陶渊明、苏东坡、曹雪芹等都展示了想象力的奇丽。荷马、但丁、莎士比亚、歌德都打破了天上人间之隔。这些大作家大诗人创造的作品，外在形式不断变换，但内在形式即内在大视野则是一致的，这就是不断突破想象的极限。

屈原的《天问》是先秦时代最有想象力的诗歌，在写作上抵达了两项时代制高点：(1) 叩问终极真实；(2) 开放自由心灵。屈原在当时已走得很远，走到与古希腊的荷马相逢。屈原之诗与《荷马史诗》的相同点是想象力，但屈原的重心是抒情，是心灵的直接吟唱；荷马的重心是叙事，是历史场面的书写。而《红楼梦》则兼备屈原与荷马，其抒情、叙事、想象力都几乎到达人类才华的极限。

277

袁枚曾说，大观园，即余之随园。然而，随园是现实世界中的“有”，而大观园的本质却是“无”。《红楼梦》第十七回描写贾宝玉随同父亲初见大观园时的感觉：“宝玉见了这个所在，心中忽有所动，寻思起来，倒像那里曾见过的一般，却一时想不起那年月日的事。贾政又命他作题，宝玉只顾细思前景，全无心于此了。”可见，大观园是梦境，是虚境幻境，是曹雪芹的乌托邦，也是他的诗意栖居的澄明之境，而袁枚的随园则是个体栖居的“人境”，这是实境，俗境，常境，两者有质的不同。随园建构得再富丽堂皇，再迷人耀目，也只能形似（大观园），不可能神似。《红楼梦》里的大观园，其境界不是山石草木所构筑的，而是诗和诗情生命所构筑，它是一个诗化的世界。今天的《红楼梦》研究者，可以寻找大观园的堂址屋迹，但是永远找不到大观园的神意诗迹，那种早已化入永恒的奇彩梦痕。

278

荷尔德林提出“诗意栖居”的理想，曹雪芹做的也是“诗意栖居”的大梦。两者不约而同。而曹雪芹还提供了“诗意栖居”的具体形式，这就是大观园形式。大观园是地狱中的天堂，他乡中的故乡，色世中的空界，瞬间中的永恒，是“黑暗王国里的一线光明”。人类的“世俗栖居”形式千种万种，每天都有新的设计，新的广告，新的时尚品牌，熙熙攘攘，目不暇接。但诗意栖居的形式却很稀少，它是向往，并非现实。大观园呈现的诗意栖居形式是诗人合众国，青春生命共和国，国度主体全是诗意生命。《红楼梦》的悲剧是诗国的瓦解，诗稿的焚烧，诗意生命的毁灭，最后只剩下诗的灰烬与废墟。《红楼梦》的荒诞剧意义，则是“诗意栖居”被视为“痴人说梦”、愚人犯傻，做梦者全是无知的蠢物与孽障，而聪明人则全都去追逐黄金的好世界，最后剩下的只是灰烬与废墟，骷髅与“土馒头”。

279

中国小说经历了三个历史阶段，即故事——话本——叙事艺术等三段。《山海经》已有故事，虽简单，但有力度。话本到了宋明才发达起来，可惜发达后就媚俗、媚众，而且媚的是旧道德之俗，所以还不是成熟的小说。到了明代，出现了短篇“三言二拍”，长篇《三国》《水浒》，小说才成为叙事艺术。故事之外，有结构，有人物刻画，有语言技巧，而到了《红楼梦》，艺术才走向巅峰。小说中的诗是真诗，不是打油诗；人是真实人，不是脸谱人。到了曹雪芹，文学的三大要素——心灵、想象力、审美形式才告齐全，并形成艺术大圆融的整体。

280

中国的散文出现过多次高潮：先秦诸子散文、唐宋八大家散文、明末散文等。唐宋八大家散文技巧极为成熟，文采斐然。但是，除了苏东坡之外，其他散文都没有先秦散文的那种“元气”。所谓“元气”，就是天地混沌之气，太初草创之气。先秦诸子各家，都有自己的一套原创的大思路蕴含于文字之中。到了唐宋八大家，虽有文采，却太多腔调，没有先秦时的大气势，也没有孔、孟、老、庄的大境界。明末散文虽有性情，但多数失之太轻，也无元气。《红楼梦》虽是小说，但其笔触，恰恰扬弃一切腔调，深含宇宙底蕴，既有连接《山海经》的混沌之力，又有俯仰人间世界的天地血脉。

281

中国的诗歌文体到了唐代才完全成熟。杜甫是唐诗的第一文体家，其律诗、绝句均写到了天衣无缝的完美地步。他虽有关怀民瘼的同情心，但也有很强的功名心。从精神内涵上说，他的诗是典型的儒家诗，因此，总有“致君尧舜上”的儒味。其“朝扣富儿门，暮逐肥马尘”的酸楚更是儒者在人生面前的不潇洒，折射到诗中，便是脱不了家国境界。《红楼梦》中的诗，没有儒味，却有道味。这里说的道味，不是道家味，而是形而上之味。宝玉嘲讽文死谏、武死战的儒统道统，而杜甫的“致君尧舜上”，正是儒者的谏味。《红楼梦》的诗虽没有杜甫那种“沉郁”，却有杜甫所阙如的超拔与空灵。

282

政客听不懂诗人的声音。有政客心态就不可能真正懂得《红楼梦》，正如宋太宗就读不懂李煜词。李后主博大的人间关怀之声被他听成“怨气”，听成亡国复仇之音，最后他把李煜毒死了。宋代皇帝消灭一个小朝廷（南唐）没有罪，但杀害一个伟大诗人，却是千古大罪。一个伟大的诗生命，其重量、分量往往超过一个朝廷。屈原的生命重量超过楚王朝，苏东坡的生命重量超过宋王朝，莎士比亚的生命重量远不是伊丽莎白王朝可比。可以断定，如果人性底层连一点诗心诗意也没有，就永远无法进入《红楼梦》那一片神意的深海。

283

知其所止，这是中国的道德律令。《中庸》第三章，确定做人应“止于至善”：为人君，止于仁；为人臣，止于敬；为人子，止于孝；为人父，止于慈；与国人交，止于信。老子另有“止”的内涵，并说“知足不辱，知止不殆”。

知其所止，也是《红楼梦》哲学思考的主题之一。但它不是儒家“止于至善”的直接告诫，而是对生命止处的连绵叩问。它不说止于何处，只说必有一止，并要“知止”。秦可卿告诉王熙凤“盛筵必散”，也是“止”的提示。纵有千好万好，总有一“了”。《好了歌》，是荒诞歌，又是观止歌。“好”是“观”，“了”是“止”。阅尽人间诸色，应当知止，应当放下。那么，应当止于何处？有小止处，有大止处。急流勇退，说的是小止处；“大造本无方，云何是应住，既从空中来，应向空中去”（惜春之偈语），说的是大止处。来自空，止于空；始于痴，止于悟。知止，便是自明自觉，便是自救。

284

贾母最疼爱的是贾宝玉与林黛玉，但对于宝玉的婚姻，她选择了宝钗，而不选择黛玉。贾母不是没有理由，她的尺度是“生存”尺度，不是“存在”尺度。她虽然通脱，但顾全家族的命运、家族的生存与发展毕竟是她的天职。她虽爱黛玉，但贾府的兴亡更加要紧。而宝玉自始至终热恋着黛玉，在林、薛这一情感天平上，他的心一直放在黛玉这边。其选择的原因却不是生存原因，而是存在原因。即只有在黛玉面前，宝玉“此在”的意义才能充分敞开。存在的原因便是灵魂的原因，便是心灵从相逢、相知到相融、相契的原因。贾母虽聪明，但太重家族的兴衰，忽略个体心灵的归宿。她看不到宝玉与宝钗的灵魂之间有一段无法拉近的距离，面对宝钗，她心爱的孙子无法打开生命的深层世界。

285

最深的感悟往往无法表达。灵魂所抵达的神意深渊和爱意深渊很难描述。再高明的作家写出来的文字也比不上大智者悟到的精神顶点和深渊底部。许多作家对自己已写出的文字不满，以至像卡夫卡临终时嘱托朋友烧掉他的稿子，林黛玉死前烧掉诗稿，除了情爱的幻灭之外，还可能有这个原因。“人向广寒奔”，“冷月葬花魂”，已经够精彩了，但在林黛玉眼里，这与她心灵中的万千感受相差太远，浩茫的心事岂是语言所能表达？托尔斯泰最后的大著作是他的出走，没有文字，但这是用生命本身的行为写下的大著作，那个瞬间，他对于宇宙人生最深的感悟已无法用小说、诗歌、散文表达。

286

深邃的思想赢得质朴的表述，显得很美。“千里搭长棚，没有个不散的筵席”，就很美。文章不怕拙，指的便是真理无须装饰，思想一旦刻意做出学问姿态，也是媚俗。愈急于把思想说得完备，愈想说得头头是道，就愈是画蛇添足，愈是可疑。许多卖弄学问的人，最后显出思想的贫困也与此有关。曹雪芹的学问大得不得了，其笔下的宝钗是个博古通今的“通人”，而黛玉、宝玉这些痴人，也都是满腹诗书，史、识、诗三者皆备。但整部《红楼梦》没有任何一点卖弄，完全没有作家相与学者相，更没有文人腔与名人腔。大辉煌与大质朴和谐到如此地步，真是举世无双。

287

贾政与王夫人都想控制宝玉，但方式不同。贾政直接诉诸棍棒，怨恨只放在儿子身上；而王夫人却迁怒他人，以为儿子的“问题”来自晴雯、金钏儿等“狐狸精”“尤物”，因此不惜剥夺她们的生存权利。相比之下，贾政没有王夫人那种阴柔的毒手。曹雪芹时代，权力与财富已控制思想，甚至还控制身体和爱恋。《红楼梦》自由笔触所表现的力度之一，是揭露权力控制下的人性困境。这种控制除了造成暴力（如贾政痛打宝玉)、造成苦难（如金钏儿之死）之外，还会造成诗化自由心灵的毁灭（如黛玉之死)。难怪俄国流亡诗人布洛斯基要说，诗本能地与权力帝国对立。宝玉最后逃离家园，乃是逃离权力对其心灵的控制，这一行为，与其说是反叛，不如说是自救。

288

《红楼梦》贵族女子的复归之路有两种路向：一是林黛玉式的向“天”回归；一是巧姐儿式的向“地”(即向“土”）回归。前者“人向广寒奔”的暗示，便是向天宇回归的暗示。也许奔向明月，也许奔向太虚幻境，也许奔向曾与神瑛侍者相恋过的灵河岸边。后者则无须暗示，巧姐儿经刘姥姥的因缘，最后嫁给周氏庄稼人家，从贵族豪门走向庶民土门，真正是“旧时王谢堂前燕，飞入寻常百姓家”，巧姐儿生于七月七日，最后也有一个与“牛郎”相逢的结局。果然回归于土。《易经》说，“安土敦乎仁，故能爱”，有土才能安宁，才能敦笃，也才有人性的真实与温馨。林黛玉式的回归是梦想的，巧姐儿的回归是现实的，但两者都不悖“质本洁来还洁去”。倘若用佛教语言解说，林黛玉乃是回归于空，而巧姐儿则是回归于“有”。前者是真谛，后者是俗谛，但两者都是“谛”，都带真理性。俄国十二月党人的贵族理念，正是巧姐儿式的向土回归的民粹理念。

289

曹雪芹的价值逻辑链，可作四段表述：（1）生命价值为最高价值，不承认有比生命价值更高的神圣价值，所以只有“女儿”偶像，没有元始天尊、释迦等神圣偶像。（2）最高价值系统中的核心价值是少女青春生命。美即青春生命。《红楼梦》是对青春生命进行审美的大书。书中唯一的牵挂便是青春生命。《圣经·新约》中的基督十二门徒全是男性。作为“文学圣经”的《红楼梦》，其天国——太虚幻境中的使者金陵十二钗，则是清一色的女性。青春天国是曹雪芹的绝对价值与终极真实。（3）生命的毁灭是悲剧，青春生命的毁灭则是最深的悲剧。因此，至真至美的挽歌只属于林黛玉、晴雯，而不属于贾母等。（4）所谓荒诞，便是价值颠倒。一切把外在价值，虚幻价值（如权力、财富、功名）放在青春生命、内在心情之上的编排都属价值颠倒，都属《好了歌》抨击的荒诞现象。《红楼梦》既呈现价值极限，又呈现价值颠倒，因此，既是悲剧又是荒诞剧。

290

就人文环境而言，先秦战国时期、汉唐时期、明末时期，是中国知识人相对比较自由的年代，到了清朝的乾隆王朝，则是绝对的黑暗期，其文字狱也是最为猖獗的年代。鲁迅的《买〈小学大全〉记》《病后杂谈》《病后杂谈之余》等文章就揭露了这个血腥帝国与这段血腥岁月。可是中华民族最伟大的文学作品《红楼梦》恰恰在此时产生。曹雪芹这位天才在大黑暗中悄悄下沉，沉得很深，如同沉入海底，但他不是沉沦，而是沉浸——在沉浸状态中面壁写作，最后推出中国的第一文学经典。曹雪芹的成功，不是时代的成功，更不是清王朝的成功，而是个案的成功。《红楼梦》的大放光彩，不是时代的闪光，而是个体心灵的闪光。文学事业是天才的事业，是偶然的事业，它不是时代所决定，而是作家自身所决定。文学既是时代的产物，又是反时代的产物——反潮流、反风气的产物。若说文学是时代的镜子，那么，这一镜子往往是面反光镜。

下辑

1

曹雪芹是文学天才，又是哲学家，但他没有哲人相、玄学相，所有深邃的形而上思索都蕴藏在意象性的表述之中。其对宇宙人生的柏拉图式的洞察与把握，全含蓄在《红楼梦》的情节与人物里。贾雨村关于“正”“邪”二气与中道之性的界说；贾宝玉关于“女儿水作，男人泥作”的怪论；史湘云关于“阴阳一体”的妙语；林黛玉关于“无立足境，是方干净”的感悟；秦可卿关于“盛筵必散”“否极泰来”的警告；妙玉关于“纵有千年铁门槛，终须一个土馒头”的提示等等直接的哲理表述尚可捕捉，而融会贯通于整部文本中的大观视角、自然（石头）人化、本真归属、故乡定义、澄明之境、兼美情怀、青春理想国、女儿人极图、“槛外人”异端意识、“大荒山”荒诞存在暗示以及有无、色空、真假、聚散、好了、观止等不二法门哲学大思路、大矿藏则不容易充分发现。开掘这些大思路，也许正是曹雪芹后世知音的乐趣，倘若更为有心，把这一开掘作为“评红”的一种使命，那就更好。

2

从哲学上说，《石头记》是一部自然人化的大书，即石头化为人的大书。从石到人，这是外自然的人化；从欲到情，从情到灵，这是内自然的人化。宝玉原是一块石头，一块女娲补天时淘汰的石头，黛玉原是一株草，一株需要浇灌的“绛珠仙草”。两者都是大自然的一颗粒、一符号。用宇宙的大观眼睛看地球，便会知道人类的世界原是洪荒的石头世界，人的生命也是从洪荒的大自然中逐渐形成。人从自然界走入人界后，身上还带着自然的特性。石为五色石。石是有色的，人之所以为人，也天生带有色欲。王国维说，玉即欲的暗示，欲乃是悲剧之源，这道破了部分真理，但是，贾宝玉的人生过程恰恰是由欲升华为情、为灵的过程，他开始喜欢吃女人的胭脂，喜欢宝钗肉感的胸脯，后来则愈来愈向林黛玉的深邃情感靠近，在林黛玉的导引下不断向灵世界提升。这个过程是宝玉的内自然（包括感官、情感、心理）人化、精致化的过程，也就是“因空见色，由色生情，传情入色，自色悟空”的过程，即欲逐步减少，情逐步加深，最后达到情的纯粹化和精神境界上的天人大圆融。

3

贾宝玉神游太虚幻境时，警幻仙子命十二舞女演唱《红楼梦》十二支曲，第一支《红楼梦引子》云："开辟鸿蒙，谁为情种？都只为风月情浓。"（第五回）

这个总问题可分为文学问题与哲学问题。

文学问题是感性问题。谁为情种？《圣经》的答案是《创世记》的亚当与夏娃。而《红楼梦》则是神瑛侍者与绛珠仙草。第一，情种神瑛侍者通灵入世之后，吃的第一颗禁果是名叫"兼美"的禁果，第二颗禁果是名叫"袭人"的禁果。前者导引情种向上神游，后者推动情种向下追求；前者导向梦与审美世界，后者导向功名与世俗世界。哲学问题是理性问题。谁为情种？答案应是"石头"。"石头记"既可解为自然的人化与石头的情化，也可解为风月情浓即性压抑情压抑而产生的大梦。

4

《红楼梦》对于世界、人生，除了文学把握之外，还有一个哲学把握。文学把握通过意象、梦境、语言等手段，展示的是特殊性——个性现象，哲学把握则是心灵与思想的同时切入，它叩问的普遍性问题是：如同石头通灵幻化入世后的宝玉，人降生于人间究竟是为了什么？存在的目的和意义是什么？这个星球上的万物万有万相，最该向往、最该追求、最该憧憬、最该珍惜的是什么？这不是如何写好一首诗、如何治好一个家、如何建设一个国的问题，而是一个如何生、如何死、如何观、如何止、如何好、如何了的形而上问题。《红楼梦》通过文学展示一个以宝玉和诸女子为主人公的无比精彩的感性世界，又通过哲学思索所有人都无法回避的生存困境与心灵困境。

5

《红楼梦》哲学是色空哲学，这是人们熟知的，但徐订先生说：

一句“色即是空，空即是色”的话虽可以包括。可是他所感受所表现的色，则是入世最深的色，他所感受所表现的空，则是出世最彻底的空。(《〈红楼梦〉的艺术价值与小说里的对白》，《徐订文集》，生活·读书·新知三联书店，2012 年)

宝玉的入世，是对情最深的投入，以至被警幻仙子称为“天下古今第一淫人”(第五回)。不像贾赦、贾琏、薛蟠等，根本不知情为何物。因为投入得最深，体验得最真最切，经受的磨难也最重，所以最后也悟得最彻底，赢得的是最彻底的空。

《红楼梦》贵在色透空也透。徐先生点破这部巨著文本策略是把色推向极致，把空也推向极致。色之美，美到极限；空之美，也美到极限。极致的文本策略背后是哲学的彻底性。财富之极，达至“贾不假，白玉为堂金作马”“东海缺少白玉床，龙王来请金陵王”；权力之极，达至皇妃宝座；功名之极，达至贵爵一品将军。能把这些巨色绝色全看破全放下，便是大空真空。贾宝玉的出家不是告别常人之家，而是逃离人世间个个羡慕的最高的荣华富贵。这位主人公的心灵力度，就在告别、放下与逃离中。

6

《易经》的《说卦》云：“立天之道曰阴与阳，立地之道曰柔与刚，立人之道曰仁与义。”这就是天地人三极三才之道，也是儒家人文精神的哲学基点。把人提到与天地并行三极中的一极，从而提高了人的宇宙地位，这是儒家的功劳。《红楼梦》作为异端之书，它的异端性在于只承认前两者，不承认第三者。《周易》所界定的三极之道（天、地、人三极），《红楼梦》只认两极。对于立人之道，曹雪芹强调的不是“仁与义”，而是“情与爱”。以情为人间世界立极立心，这是《红楼梦》的大思路，也是哲学大思想。而最深地负载情、体现情的是青春少女，因此，女儿又是人之极，小说中的林黛玉、薛宝钗、史湘云、妙玉、晴雯、鸳鸯、尤三姐等，都是人之极品，也是天地极品。天地之大美，上有星辰，下有“女儿”。《红楼梦》正是一部重构立人之道的大书，呈现的是一部举世无双的青春人极图。

7

《红楼梦》哲学可称为心灵学。王阳明的心学，其基本哲学语言是概念；《红楼梦》的心灵学，其基本哲学语言是意象。因此，《红楼梦》首先是石头的心灵史，然后才是由心灵史提升的心灵学。贾宝玉的生命历程，第一步是由石化为玉——通灵而幻化入世；第二步是由玉化为心。贾宝玉离家出走之前对宝钗、袭人说他已经有了心了，玉还有何用？声明的是玉向心转化的完成。《红楼梦》的开端是降落——石的降落；而结局是升起——心的升起。石与心的中介是玉。女儿情的眼泪不仅洗净玉，而且柔化玉，使玉变成心灵。赢得大心灵，梦落幕，太阳便升起了。

明了心灵才是世界的本体，便是觉。

《红楼梦》的心灵学提示的真理是心灵为最后实在、最后光明的真理。此悟与其称之为唯心论，不如称为明心论。

8

《红楼梦》集中了中国诸种大文化的精华，儒、道、释三大家之外，还有法家文化、名士文化等。曹雪芹对待各家的态度是扬弃表层的浅薄旧套，吸收深层的哲学智慧和精神宝藏。对于儒，他让主人公表达了对于道统（文死谏、武死战）以及圣贤面具的深恶痛绝，但又接受其“亲亲”的亲情哲学。对于道，他嘲弄了贾敬的炼丹与吞砂，却酷爱《庄子》并实践庄子的“齐物论”与“逍遥游”，兼收平等与自由的思想制高点。对于佛，他一面解除迷信，把女儿二字放在阿弥陀佛之上，近乎释家异端，一面则在主人公身上注入大慈悲精神，并让他在佛的启迪下破一切执，离一切相。蔑视各派的“术”，尊崇各派蕴含智慧的道，入乎其中，出乎其外，进入儒、道、释，又超越儒、道、释，自成辉煌一大家。

9

与其说《红楼梦》反封建，不如说它反妄、反执、反分别，即借助佛教之光破一切妄念，破一切执迷，破一切等级，破一切旧套。它是伟大的文学作品，不是佛学理念的形象转述，因此，它又必须“入化”:破得入化，了无痕迹。所有的破除，都不诉诸说教，只诉诸笔下人物的悲欢歌哭。贾宝玉因色生情，传情入色，但又不执于色，最后也不执于情。它破一切旧套，既破儒套，也破道套、佛套，既破“才子佳人”套，也破“状元宰相”套。妙玉自称槛外人，宝玉、黛玉才是真正的槛外人。槛外人，也可称为“套外人”。宝玉、黛玉这两个主角的挑战性，不是充当战士，而是拒绝做贾政似的“套中人”。他们是破一切色相和一切旧套的异端。《红楼梦》前无古人，正是它呈现并讴歌了异端美。

10

西方哲学（如康德）讲超越，是外在超越，因为有上帝的条件。有上帝，有神，才能实现对经验世界的超越。禅宗因为有佛的条件，虽无神，但有神秘体验，因此也可借佛超越。禅从大乘佛教演化而来，确认佛就在每个人的自性中，只是自己往往不知道。任何大宗教、大哲学都具彻底性的特点，禅的彻底性表现在佛我一体，佛我一元，实际上暗示佛即我，我即佛。只是这个我，必须是觉之我、悟之我。迷则众，悟则佛。以觉代神，以悟代佛，在悟中觉中自明自度自救自佛。《红楼梦》哲学正是由禅宗的这种佛我同一的大思路推导出来的自我内部超越的哲学。贾宝玉的佛性——大慈悲、大爱精神，并非外部人格神（如上帝）所赐予，而是自身天性的开掘与提升。

11

斯宾格勒在《西方的没落》中如此谈论男人与女人的区别，好像在总结《红楼梦》中的两性。他说，女性本身即是命运，即是时间，即是生成过程，而男性则只是已生成的事物。他还说，男性在制造历史，而女性本身就是历史。还有，男性热衷于求道，而女性本身就是道。道不是因果，不是机械逻辑，女性天然地反对机械逻辑。

斯宾格勒的论断，在《红楼梦》女主人公林黛玉身上得到许多证明。也在秦可卿、晴雯、芳官这些女子身上得到证明。她们天生地体现“率性之谓道”。率性正是反对世俗世界的机械逻辑。在贵族府中，贾敬、贾政都在求道，而林黛玉本身则是真之道、美之道。贾敬、贾政的生命没有历史，人生是既定的常人遵循的程序。而林黛玉的生成过程即构成时间、命运和生命的史诗。薛宝钗的悲剧是无意识地顺从男人的机械逻辑，以为男人热衷的功名事业是一种道，而自己的美丽生命不是道。

12

曹雪芹如果生活在十九世纪下半叶，甚至跨过二十世纪初，即大致与托尔斯泰、陀思妥耶夫斯基、尼采同时代。那么，他可能会选择托尔斯泰为心灵相通的最好朋友，选择陀思妥耶夫斯基作为有争论的朋友，但肯定会拒绝尼采。他作为主张持守尊卑不二哲学的贵族诗人，完全无法接受尼采那种偏激的贵族主义；他具有天生的贵族气质却又有天生的平民情怀，更无法接受尼采那种向下等人宣战的强者哲学；他以青春女子为价值塔顶，对于尼采那种蔑视妇女的傲慢，尤其难以容忍。尼采高举意志哲学（权力意志），曹雪芹崇尚自然哲学，没有共同语言。而托尔斯泰虽是贵族，却满心大慈悲，他拥抱大地，拥抱在地上耕作的下层人民。曹雪芹写刘姥姥，就是把“土地”带入贵族府第，以让贾氏贵族侯门最后一个青春女子——生于七月七日的“织女”巧姐儿复归于土，重新投身下层，贴近大地上的“牛郎”们。《红楼梦》不仅给林黛玉安排了返回天上之路，又给巧姐儿安排了地上之路，两者都属“质本洁来还洁去”。

13

《红楼梦》一开头就安排一个观察贾府兴衰浮沉的“冷眼人”，这个冷眼人叫作“冷子兴”。第二回“贾夫人仙逝扬州城 冷子兴演说荣国府”一开篇就有诗云：“一局输赢料不真，香销茶尽尚逡巡。欲知目下兴衰兆，须问旁观冷眼人。”冷子兴是个冷观者，而他名字的谐音则可理解为“能止兴”或“止行”。开篇诗末一句把冷子兴界定为“旁观冷眼人”，而名字的谐音则暗示到“止”（子）。文本中说：“雨村最赞这冷子兴是个有作为大本领的人。”其大本领就在于他既知观又知止，能用观止哲学即佛教的观止法门观察世界。佛教哲学的观，就是慧，就是看破，而止则是定，则是放下；这个冷眼人对荣国府如此了如指掌，对它的过去、现在皆洞若观火，就因为他不是用常人的肉眼、俗眼，而是用一双观止、慧定合二为一的佛眼，也就是“大观园”所寄意的大观眼睛、大观视角。《红楼梦》这部巨著牵涉时代的风云变幻，豪门的大起大落，但笔调极为冷静，这自然得益于史诗大结构的开端有一双清明的冷眼佛眼。冷子兴的位置，也可理解为曹雪芹的自我定位：作家不是造反者，不是社会批判家，而是历史的冷观者、见证人和艺术呈现者。

14

中国人所嘲讽的“井底之蛙”，眼睛受井底限定，从里朝外看，只看到天空的一小片，全然不知宇宙的广阔和天地的真实。正如柏拉图所说的洞中囚犯，在篝火旁只看到墙壁上火光的影子，全然不知洞外世界的真实。《红楼梦》的大观视角，其眼睛路线与井底之蛙、洞中囚犯相反，不是由内朝外，不是立足洞穴和深井观看天地宇宙，而是由上朝下，立足宇宙极境而观地上万有万物。贾宝玉和贾政的冲突，归根到底是眼睛路线的冲突。贾政认定的八股文章，只是洞穴墙上火光的影子。宝玉则天生是洞外之人，早已见过女娲补天的大世面，他到地球上走一遭，自然是带着天外眼睛来看八股，看仕途经济之路，看人间的五颜六色。

15

黛玉问宝玉：“宝玉，我问你：至贵者‘宝’，至坚者是‘玉’。尔有何贵？尔有何坚？”（第二十二回）宝玉一时回答不出来，但悟了一生，离家出走前，他终于作了回答，这也是全书的回答：玉丢了没什么，有心灵在就好。我有何贵？因为我有心。我有何坚？也因为我有心。宝玉，宝玉，至贵者、至坚者不是宝玉之名、宝玉之相，而是宝玉之心。《石头记》的大提问，曹雪芹自叙自问自答的考卷，最后的答案是“唯心论”，唯有心最宝贵、最坚韧，唯有心是人生最后的实在，终极的真实。心是世界的本质，心之外的一切都不重要。

林黛玉的问题是《红楼梦》的根本哲学问题之一。她的问题是，生命的质来自何处？是来自外，还是来自内？是来自门第、爵位、功名还是来自生命自身的品格、性情和精神？整部《红楼梦》都在回答这个真问题。

16

空空道人的十六字诀“因空见色，由色生情，传情入色，自色悟空”，是贾宝玉两番生命的哲学故事。

第一番生命在天上。他是女娲补天多余的石头。被造物主抛弃，未能进入补天行列，未能与天合一，属结构外之物即“槛外物”。这是他经历的第一番“空”，有了这次空，才想到人间来见色——女娲用五色土构造的色世界。这一经历便是“因空见色”。

第二番生命在地上。在天为多余石头，在地则又是多余人。身在槛内，心在槛外，未能进入财富、权力、功名的宫廷结构之中，属于结构外人即“槛外人”。在结构外可以观看色世界，可以有一番情的歌哭，最后悟到人生也不过是一场悲欢离合之梦，于是在觉迷渡口止于觉而归于空，这一番经历便是以色与情为桥梁的“自色悟空”。

17

佛教哲学与中国哲学都讲“止”。大乘佛教创立止、观两大法门。“观”是看破,“止”是放下。儒家也讲止于礼，止于至善。但作为西方哲学的典型范式——浮士德的精神却不讲止。浮士德与魔鬼打赌的内容是他将永远无休止地追求幸福，追求无限之境，如果他在尘世上感到满足,停止追求,他的灵魂就属于魔鬼。东方哲学告诫“知止不殆”(《道德经》)，西方哲学则认定止即堕落。两者表面上看，不可相容，事实上，知止与不知止均有充分的理由。贾宝玉始于痴，止于悟，因止而得大自在，不能说“止”不对。而觉悟后他游于心，游于物之初，游于太极，正是追求无限，又是止而不止，了犹未了。不了是好，了也是好。

18

贾宝玉周岁时，贾政为了“试他将来的志向”，便将无数物件摆在他面前让他抓取，谁知他一概不取，伸手只把那些脂粉钗环抓来。（第二回）这一细节固然是宝玉个人性格的预告，但也是人类的普遍性征兆。人一出生，既开始走向成年也开始走向死亡，天然地带有悲剧性。这是以往哲学家早已意识到的。而曹雪芹通过宝玉的细节又揭示了人一出生，不仅是个悲剧性存在，而且是个荒诞性存在。连宝玉这种优秀生命，在年仅一岁、尚在摇篮中时就充满欲望，表现出“好色”的生命走向。王国维用叔本华的哲学观念评论《红楼梦》，指出因为人有欲望，因此必定落入苦痛、落入悲剧。其实，无休止的燃烧的欲望不仅给人带来悲剧，而且带来巨大的荒诞。人既是历史的人质，又是自身欲望的人质。人的处境充满荒诞，人自身也充满荒诞。《红楼梦》揭示了社会与人的双重荒诞。

19

《红楼梦》的哲学从本体论层面说是一元论哲学。宇宙是本体，生命是本体。只有人的世界，没有神的世界。而人的生命无尊卑、等级之分。《红楼梦》受佛教哲学影响最深，但佛不是神。佛教以“觉”代替“神”，到了禅宗，便成了我即佛，佛即我。佛就在我的心性中，在我的未被污染的真性中，无须到山林寺庙中去寻找佛，佛就在自己身上。这样，人的本体与佛的本体就同归于一。因此从本体论上说，《红楼梦》讲色即空，空即色，好就是了，了就是好，也是一元论。史湘云讲阴阳一体，秦可卿讲“盛筵必散”也是一元论。但是《红楼梦》又分净水世界与泥浊世界，又有对立与冲突，因此，从方法论上说，它是二，但二又是一，黛与钗的冲突，父与子的冲突，甄与贾的冲突，探春与宝玉的冲突，只是一元世界、一元灵魂的阴阳呈现而已。阴阳原为一体，父子原为一体。方法论上的区分不能否定整体论的一元。不二法门是本体论上的不二法门，不仅是方法论上的不二法门。

《红楼梦》是具有高度叙事艺术水平的伟大文学作品，又是具有深刻哲学内涵的伟大文学作品。它的哲学思想在小说文本中有三种表述方式：（一）直接性表述。如空空道人讲“好便是了，了便是好”，如贾雨村畅谈“大仁”“大恶”和仁恶之间的第三种人性，如史湘云对翠缕讲说阴阳哲学。（二）间接性表述。如贾宝玉对晴雯谈论扇子的多种功能和价值转换。（三）连接性表述。这是贯穿于作品、浸透于人物与情节前后呼应而表现出来的意蕴，如宝玉时而至柔，时而至刚（拒绝仕途经济之路的力量），时而执中，时而极端（狂与狷）而构成的哲学意味结构。小说中的色空哲学、止观哲学、物我同一哲学等，都是连接性表述。

21

中国数千年文学史上最伟大的“青春颂”，正是《红楼梦》。在曹雪芹之前，初唐的王勃是最出色的青春歌者，他不作司马相如似的帝国颂，也不作左思似的都市颂，也无后来李白的山河颂。但其《滕王阁序》，却是一派少年气息与青春气息。《红楼梦》则大规模、大气魄地礼赞青春。小说中有少女颂，也有少男颂，有天上青春颂，也有地上青春颂。吟诵中有青春的刚勇，青春的单纯，青春的狂欢，青春的寂寞，青春的乖僻，青春的张狂，青春的痴迷，青春的智慧，青春的呐喊，青春的感伤，还有青春至真至美的质，至真至美的性，至真至美的神与貌。由于《红楼梦》的青春共和国的出现，中华民族抹掉了许多苍老的皱纹，对生命更有另一番想象与设计。

22

《红楼梦》整体（共一百二十回）最后结束于一个哲学地点，叫作“急流津觉迷渡口”。这一渡口名称不可忽略，尤其是“觉”与“迷”二字。禅宗乃是无神论，它以觉代替神，所以慧能认定，悟（觉）则佛，迷则众。小说结局，其人物或觉或迷，或佛或众，就在“觉迷渡口”上分野。贾宝玉始于痴，止于觉，终于“走来名利无双地，打出樊笼第一关”，大彻大悟而解脱了。而另一个本来也有颖悟之性的贾雨村却觉不过来。第一次是甄士隐来开导他，但“雨村心中恍恍惚惚，就在这急流津觉迷渡口草庵中睡着了”。第二次是空空道人将抄录的《石头记》给他看，“复又使劲拉他”，他才慢慢地开眼坐起，接过来草草一看，作了交代，“说毕，仍旧睡下了”（第一百二十回）。一个醒悟了，一个睡着了。《红楼梦》这一终结，是禅的启示性终结，极为成功的总句号。小说的续书，有妙笔、有败笔，而最后这一笔则可称为神来之笔。

23

贾宝玉到人间走一遭，体验着人，体验着世界。回归青埂峰前，对人最根本的失望，也可说是绝望，就是人太重物质而不重自身。他对宝钗、袭人说：“你们这些人原来重玉不重人哪！”（第一百一十七回）这是他告别人间之前最深的感慨，也是最深的忧伤。人啊人，原来都是没出息的人，原来都是势利的人，原来都是被物质抓住灵魂的人，原来都是被色欲迷了心窍的人，原来都是把玉的价值放在心的价值之上的人。轻重颠倒，本末颠倒，心物颠倒，形神颠倒，可是，人人都自以为是，以为宝玉又说疯癫话了。

24

《红楼梦》的大哲学问题之一是心与物的关系。是心为本体，还是物为本体，是心为第一性，还是物为第一性，是心至贵，还是玉至贵？关于这个问题，宝玉最后作了回答："有了心了，要那玉何用？"一点也不含糊。佳人们以为他在说疯话，其实，这是最清醒的人所表达的最清明的意识：天地万有，具有最高价值的是人不是物，是身内之心不是身外之玉。贾宝玉经历了一回人生，体验了悲欢离合，一悟再悟，最后终于赢得心觉：有了心了。到地球上来一回，有了心，算是明白人，便不虚此行。

25

曹雪芹与王阳明都是大"心学"家，堪称中国精神大地上两座心学高峰。但读王阳明的心学，只知心的重要，而读《红楼梦》，才知道心的深邃。曹雪芹笔下的心，是深海深渊，是无限的时空。对于王阳明，可以用学去把握，对于曹雪芹，却只能以悟去把握，非有无尽之情难以进入其无尽之海。王阳明的心学展示在概念中，曹雪芹的心学隐藏在人物的意象中。心为世界本体，除了心之外，其他物质皆为幻象，这是两位大心学家的共识。

王阳明之心可以分析，曹雪芹之心无法分析，它只能意会，只能神通。对王阳明的哲学可以论证，对曹雪芹的哲学，则只能悟证。

26

曹雪芹的《红楼梦》承继《山海经》的文化基因，把女娲（母性）视为创世的第一动力，把女子提到形而上的神本地位。《红楼梦》开篇讲正气、邪气、秀气三气造人。贾宝玉、林黛玉及其他青春女子全是灵秀之气所生，这一哲学基点，便决定了《红楼梦》的总体风格是秀美，不是壮美。作为史诗，便是柔性史诗，不是《伊利亚特》式的刚性史诗。中国文化从老子开始确立的尚柔传统，到了《红楼梦》便发展到极致。

27

以撒·柏林在与拉明·亚罕拜格鲁的对话录中，曾引用哈曼的话说：“上帝不是数学家，而是艺术家。”我们可以引申说，不仅上帝是艺术家，基督和释迦牟尼也是艺术家，他们因为没有算计性的思维，所以才有大爱和大慈悲。《红楼梦》中的王熙凤因为“机关算尽”，所以离上帝、基督、释迦特别远。我把宝玉视为未成道的准基督与准释迦，因为他也是艺术家，完全没有数学机能。他爱姐妹，也爱探春，但是当探春主持家政，精细地算计到“一个破荷叶，一根枯草根子，都是值钱的”（第五十六回），甚至想把蘅芜苑和怡红院的花草也出售赚钱时，他就受不了，并对探春很有微词。他和探春的冲突，是艺术家与数学家的冲突，也是《卡拉马佐夫兄弟》中那种基督思维与大法官思维的冲突。

28

《红楼梦》让地狱的判官说出一条骇人听闻的真理：阴阳并无二理，人鬼之道并无二致。这是第十六回中秦钟魂魄请求还阳片刻，鬼判们说出的大实话。都判听到秦钟说到“宝玉”二字唬慌起来，众鬼便说：“你老人家先是那等雷霆电雹，原来见不得‘宝玉’二字。依我们愚见，他是阳，我们是阴，怕他们也无益，不如拿了秦钟一走完事。”都判道：“放屁！俗语说的好，‘天下官管天下事’，自古人鬼之道却是一般，阴阳并无二理。”人世界与鬼世界没有两样，阳间的官僚与阴间的都判差不多，自古皆然，从来如此。曹雪芹的哲学是阴阳一体，即史湘云对翠缕讲的“‘阴’‘阳’两个字，还只是一个字”（第三十一回）与都判官所说的并无差别，只是都判官更落实，直接破道“人鬼之道却是一般”。是一般黑还是一般白，是一般无诚实可言还是一般无廉耻可言，他“老人家”没讲清楚。但说人之道与鬼之道是一回事，却是真话。鬼话有时比人话还坦率。我们固然不能因人废言，恐怕也不可因鬼废言。

29

“宝玉闷闷地垂头自审”（第二十二回），这句话最能体现宝玉的佛性佛心。佛有喜相，也有忧相，但没有我之执相，人之妄相，众生之俗相，寿者之老相，凡遇矛盾冲突，不把责任推向对方总是在自己身上找原因。自审正是佛性的第一特征。读遍《红楼梦》，见到数百人物，唯一能够“垂头自审”的人只有贾宝玉一人。几乎所有的人都自以为是，自作聪明，自我膨胀，只有一个口衔玉石而降生的被视为呆子的人能够反观自己，能够以他者为参照系而看到自己是“泥猪癞狗”“粪窟泥沟”（第七回，宝王见到秦钟之后的自惭之语）。还有一个原也自以为是但终于正视自己的致命错误“耻情而觉”的柳湘莲，可惜在尤三姐洒尽碧血之前他也自视太高。至于贾赦、贾政、贾敬这些老爷和王夫人、邢夫人这些贵妇及贾琏、贾蓉这些少爷，除了自美、自炫、自负之外，一点也沾不上“自审”“自耻”的边。曹雪芹在“垂头自审”前加上“闷闷”二字，极为妥帖。老子《道德经》上说：“俗人察察，我独闷闷。”俗人都聪明绝顶，唯独宝玉是个傻子。

时，他的一番痛哭，便是为离散而哭。袭人知道他畏的是什么，因此就以辞家出走为名逼他答应三件事，他果然一一应允。在宝玉的畏里，其精神之核是对情的珍惜，人生这么短，相逢已很难，相聚就更难。相聚包含着多少因缘、多少机缘、多少偶然，宝玉虽说不出道理，但明白：一旦与心爱的人离散，到地球来一回就失去意义。黛玉表面上与宝玉相反，喜散不喜聚，但骨子里也是害怕离散，她认为人相聚后再离散，心里更难受。还不如不聚（参见第三十一回）。这不是不爱聚，而是害怕聚的暂时性，归根结底也是畏。

92

聚散往往只是在世俗人生的层面上说，至于灵魂层面，那就更复杂一些。北宋哲学家张横渠讲个体形成就是聚，个体消解就是散，但散不是消灭，而是归于气化的大流之中，也就是说形散而神并不真散。在这个大循环中，散即聚，聚即散，聚散不二。庄子也是这样理解聚散，所以才会有“生死同状”的思想，把妻子的死视为只是形的消失，而神则汇入宇宙阴阳大逻辑链中。王船山在解释张横渠的聚散观时说，这是灵魂的“大来大往”，曹雪芹作为一个怀疑主义者，似乎半信半疑，他让主人公期待黛玉能来入梦，但又让他的期待落空，“悠悠生死别经年，魂魄不曾来入梦”，神聚神交的梦想终归破灭。张横渠相信“死而不亡”，曹雪芹相信吗？倘若相信，怎么会有“十年辛酸泪”。看来，他只是在世俗层面上相信聚散同一的哲学，并不相信生死无分的神话。

93

宝玉对芳官说，无论对神还是对已逝的亲人，重要的是“敬”，而不是虚名。这也是理解《红楼梦》的钥匙之一。真正的信仰是出自内心景仰，这就是“敬”。敬实际上是一种情感，而不是服从。真诚的信徒对上帝对佛教是倾注真情，是敬不是恐惧。《红楼梦》中最深的情，都有“敬”的前提。宝玉对宝钗、黛玉、袭人、晴雯都有情，但对黛玉、晴雯的情更深，是因为有敬的情感在前。最为难能可贵的是，宝玉作为一个贵族公子，他对属于“下人”阶层的晴雯、芳官等，居然也有一种敬意，不仅只是恋情而已。如果没有敬意，怎么会有《芙蓉女儿诔》中那种绝对性的赞美。连日月都不足喻其贵，这是何等的敬意，何等的情感。

94

贾宝玉降临人间，身上所佩戴的玉石只是心性的象征，不是使命的象征。他有基督的大爱大慈悲，但没有基督的使命。基督来到人间，带有救世的天职，而贾宝玉则完全没有。他只是到人间走一回，看看人间，享受感受人间。他有关怀之情，却无拯救之力，也无拯救之思。基督具有伟大的理念，教徒们也从理念出发去行动。而贾宝玉则没有先验理念，只是与生俱来就觉得人应该拥有尊严、自由和人格平等。他无师自通，一切全出自天性。

因为是天性，是内在生命的本然，所以就不会变。基督的伟大天性也不会变，但其教徒，立足于教义，不是出自天性，便容易变。

贾宝玉的品性在幼年时期就充分表现出来。周岁时，他的父亲要试他将来的志向，便将那世上所有之物摆了无数，与他抓取。谁知他一概不取，伸手只把些脂粉钗环抓来。政老爹便大怒了，说："将来酒色之徒耳。"他第一次见到黛玉，只有七八岁光景，就口出妄言："除四书外，杜撰的甚多。"他先天带来口衔的玉石，也先天具有至真至善至美的品格，其善根慧根都是固有的。孟子说："仁义礼智，非由外铄我也，我固有之也。"（《孟子·告子上》）宝玉的善根慧根也是天生固有的，不带外铄性，所以一以贯之，无法动摇。其余的棍棒打不掉，送到学校教育也无效。他日后遁入空门，也是天性的自然结果。与惜春、紫鹃的因外铄而入空门不同。所以，王国维才说他们两人的解脱之道，其境界不如宝玉。如果念经能念到改变心性，从根本上发生变化，那就真了不起，但这种人十分稀少。

95

林黛玉、晴雯去世后，宝玉只有刻骨的思念，第一百零九回“候芳魂五儿承错爱”写宝玉独自在外间睡一宿，希望黛玉能入梦与他相会，起初睡不着，以后把心一静，便睡去了。宝玉醒来，拭眼坐起来想了一回，并无有梦。第二天睡前又想起晴雯，还移情于五儿，疯疯傻傻起来，竟把五儿的手一拉，让五儿急得红了脸，心里乱跳。

这两个细节，写的是宝玉良知的乡愁。他到人间后，把黛玉、晴雯作为存在之家。如今，黛玉、晴雯回到“无”何有之乡，他只有刻骨的乡愁了。到人间走一回，情感受尽摧残，宝玉爱她们却没有力量保护她们，此时沉重的负疚之感只剩下这一点点乡愁，能安慰这点乡愁的，也只有对梦的期待，可是，连梦都等不到，只能“消愁愁更愁”了。鲁迅说人生最大的痛苦是梦醒了无路可走，而贾宝玉是醒了之后还寻找梦，两者都找不到存在之家。

96

佛教的"转识成智"，讲把第八识化为智慧。这一命题，我们可以把它延伸为"只有把知识转化为智慧才是精神的飞跃"这一点,两个主角（宝玉、黛玉）做到了，但宝钗没有做到。她是《红楼梦》人物中最有知识的"通人"，而且还有关于绘画的专业知识，堪称绘画学者。但是，她始终没有贾宝玉、林黛玉的大彻大悟，观止两大法门均没有掌握。观是看破，但她始终看不破仕途功名的虚妄，也看不破正统教条的局限。她的诗比林黛玉略输一筹，乃是境界之别，终究是大智慧之别。能转识为智的除了宝玉和黛玉之外，还有妙玉、秦可卿。秦临终前托梦给王熙凤,并说出一套"盛筵必散""否极泰来"的哲学，说明她有智慧，只是深藏不露而已。妙玉对黛玉抚琴的评论以及对史湘云、林黛玉赛诗的评论，也说明她非一般知识者可比，但她的分别相，又说明其智慧不如贾宝玉。

97

宝玉第一次见到黛玉时问：“可也有玉没有？”当他知道黛玉“无”的时候，便从自己胸前摘下那块玉石，狠命摔掉。历来读者都解说为这是情的真纯，是向黛玉表明自己宁可不要玉石也要林妹妹，即暗示“若为林妹妹，宝玉也可抛”。这样解释并没有错。但从哲学上，则可以解说为宝玉天生具有“不二法门”的思维，天然地拒绝分别相。佛教以放下妄念、分别、偏执三者为最重要的观止内容，贾宝玉无师自通，一坠地就拒绝分别，拒绝尊卑之分、贵贱之别。社会地位不同，世俗的角色不同，但心灵、人格则应是平等，“身为下贱，心比天高”，丫鬟的心灵水平不仅可以等同于贵族，而且可以高于贵族，宝玉摔玉，此一行为宣告他不仅与林黛玉无分别心，而且对待他人也无分别心。

98

熊十力先生一生研究佛学心学，把心分为本心与习心。本心为本来之心，系永恒本体；而习心则是后起之心，即已被物化了的可作为心理学解剖研究对象的情感意欲。禅宗的明心见性，所明所见的是“本来无一物”的本心，而不是已物化和概念化了的习心。《红楼梦》中的林黛玉与贾宝玉的恋情，是本心之恋，彼此说的话都是发乎本心的语言，而薛宝钗的许多话，特别是劝诫宝玉走仕途经济之路的话，则是出乎习心。甄宝玉、秦钟劝宝玉浪子回头的话也是习心之语。他们的话已无自性，不过是搬用他人的本本（物）而已。因此，本心与习心之别，也就是自性与他性之别。

99

贾宝玉是贾府里的“快乐王子”，过着最富有、最荣耀的生活。他所以被称为“无事忙”，是因为他热爱生活，喜欢奔走于生活之中。但是，他和贾琏、薛蟠这些兄弟哥们儿不同，他不能安于世俗的快乐，在他的潜意识里，吃喝玩乐不过是高级动物的生活，人确实有类似动物的一面，但人可以跳出这一面，即可以跳出物质的牵制，甚至可以跳出金银、妻妾、功名的诱惑与限制，尽管常常跳得不远或者跳出之后又回到原来的点上，但有跳出的意识才有别于动物，才有另一种质的生活。贾宝玉既快乐又苦恼。他那苦恼的一面是想跳出“猪的城邦”，又总是被阻挠。

100

用“易”到“不易”的视角看贾宝玉，可看到他有易的一面：开始喜欢女人的胭脂，喜欢肉感的胸脯，后来逐步升华，把欲化为情，最后又化为纯情。而不易的一面，则是他的基本性格，他的童心，他的赤子情怀，始终不变。易与不易的内涵都精彩。易，心性不断提升，很难得；不易，美好天性的守持，更为难得。人是会变的，贾宝玉最宝贵的地方，是本真状态始终没有变。他是个永远的孩子，永远的顽童。他胸前的通灵宝玉失灵过，跛足道人说是因为他在脂粉中变了，但他又及时治愈。孟子所说的“富贵不能淫”，是富贵之后依然不变其质朴之心。人性脆弱，一有地位、权力、财富、功名，人就变了。

101

黛玉死后，宝玉思念太切，希望她能来入梦。等候落空之后，他自言自语道：“或者他已经成仙，所以不肯来见我这种浊人也是有的；不然就是我的性儿太急了，也未可知。”（第一百零九回）在宝钗、袭人听来，这是宝玉又犯糊涂。其实，能把自己界定为“浊人”，最为清醒。他从小就说，女儿水作男人泥作，把人间分为净水世界与泥浊世界。在他眼里，黛玉是净水世界第一人，他本想向她靠拢，却落入泥沟暗渠之中，此时做梦，已泾渭分明，一是玉人，一是浊人。《红楼梦》没有好人坏人、恶人善人的道德法庭，但仍有审美法庭，这个法庭只作美丑之别、清浊之别的审美判断。宝玉此时说自己是浊人，便是审美性的自我判断。

102

别尔嘉耶夫在分析俄罗斯的国民灵魂时说，俄罗斯崇尚神圣，却未能崇尚正直。这一点，中国与俄罗斯相似，只是俄罗斯崇尚的是东正教教义之下的神之圣，而中国崇尚的则是孔夫子所设计的人之圣，中国士人士大夫崇尚的人格目标是圣人圣贤，而不是崇尚真理与正直品格。中国和俄国一样，没有骑士传统，缺少正直的文化资源。

贾政与贾宝玉这对父子的矛盾内涵十分丰富，其中一项矛盾便是崇尚圣贤与崇尚赤子（正直）的矛盾。（宝玉与宝钗关于赤子的争论也是如此）贾政想当圣贤，处处摆一副圣贤面孔，难免有点装模作样。“五四”运动批判孔家店时，揭露旧道德就因为旧道德要求人们当圣贤，道德标准太高太玄，做不到，只好戴面具伪装，结果就落入虚伪。而虚伪又最能腐蚀人性。贾宝玉不喜欢读圣贤之书，而喜欢读有真情真性的诗词戏曲，始终保持一份赤子心肠，处处能直面事实真相，一点面具也没有。贾政背地里还“走私”，贾宝玉则绝对光明磊落，更接近古代圣贤。正直，是一种本体性美德，是所有品德中最根本的美德。《红楼梦》通过对宝玉的塑造，便具有一种映照天地的正直美。

103

“大观园”的第一主体是贾宝玉，这不仅是“园中所有亭台轩馆，皆系宝玉所题”（贾政向元春的汇报语），实际上的“绛洞花主”，更重要的是他真正具有一双大观眼睛（大观视角）。能站在比常人更高的地方观世界也观自在。佛家所讲的观，就是慧。大观园也可称为大慧根，最美的诗篇和最有诗意的生活都在这里发生。但只有宝玉一人，不仅是园的主体，而且是观的主体。只有他，具备观的四念：“观身不净”“观心无常”“观受是苦”“观法无我”（佛教所讲的四念处，观是起点）。大观园里里外外没有第二个人（包括林黛玉）能有四观，特别是第一观（观身不净），更是无人具备。宝玉见到秦钟后发现自己“就成了泥猪癞狗了”，这就是“观身不净”。贵族府中，贵族府外，还有哪一个老爷少爷、夫人小姐能如此正视自身内部的污浊？人自身充满妄念（心无常）、充满苦痛（受是苦），他都一一用慧根感知感悟。前三观是人生观，第四观则是宇宙观，“观法无我”即观至万法皆空，看穿万相非实相。他最后离家出走，“止”于大彻大悟，正是大观的结果。

104

贾宝玉乐于接受薛宝钗给他起的别号“富贵闲人”，除了这一别号准确地描述了他的外部生命形态之外，宝玉可能还朦胧地意识到，富贵中只有物质，闲散中才有精神。或者说，闲才能摆脱物的奴役也才有沉思的可能。别尔嘉耶夫曾说，生命之质不在物质之中，而在精神之中。我们也可延伸说，心灵之质不在富贵中而在闲适中。尤其是语言，其原创性、独创性的语言都在闲散从容的状态中产生。人一浮躁，语言也一定简单、粗糙、没有幽默和情趣。闲适中的清淡，才能产生妙语，也才有语言的快乐。

105

林黛玉与贾宝玉以禅说爱时，黛玉试探宝玉的情感，宝玉回答说“弱水三千，我只取一瓢饮”，表明了爱的纯一。从哲学上说，这便是禅所说的“定”。有了定根，才不会有心的轻浮善变，才能开花结果。情如此，学也如此。学须一门深入，长时熏修，以定致慧。禅宗六祖慧能所强调的不二法门，首先讲的便是定慧不二，定慧一体。定则静，静则慧，缺少定力的浮躁者，只能站立于智慧的门外，也只能站在真性的门外。此次对话中，宝玉说了“禅心已作沾泥絮，莫向春风舞鹧鸪”的诗句，黛玉立即警告说：“禅门第一戒是不打诳语的。”《红楼梦》以真为魂魄。“真”者在语言层面上必须是《金刚经》所说的“真语者、实语者、如语者、不诳语者、不异语者”。如语即佛语，不异语即不两舌。一旦有诳语、异语，即不真。黛玉是不许宝玉有任何一点卖弄和言语中掺进任何一点虚假与敷衍的。

106

从身与心的视角看宝玉、黛玉、宝钗三个主人公的悲剧，似可作如下解说：黛玉是心的悲剧。她在《红楼梦》中被人视为多心人，连宝玉也曾说：“林妹妹是个多心的人。”(第二十二回)她自己也在宝钗面前承认：“我最是个多心的人。”（第四十五回）但在独自抚琴发出心声时，却是“素心如何天上月”。唯有知音者才明白她是一个素心人。多心是智，素心是情。对于宝玉，她的专情素如明月，洁如明月。可惜最终此心无处可以存放。

宝钗是身的悲剧。身美貌美到被宝玉称作“仙姿”，但是，她得到宝玉之身却得不到宝玉之心，献身于宝玉却得不到宝玉的真爱情。贾宝玉的悲剧则是始终得不到一个身心可以一起投入的对象，始终处于身心分离之中。黛玉是他的梦中人，却不是他的屋中人。宝钗是他的屋内人，却是他的心外人。因此，与宝钗最终成眷属，却留下人生的大遗憾："叹人间，美中不足今方信：纵然是举案齐眉，到底意难平！"

107

端木蕻良先生所著的《曹雪芹》，写到贾宝玉少年时到过"桃花源"——圆明园里的"武陵春色"，这是否真实且不论，但他把"伊甸园""桃花源""舍卫城"三大意象带入《红楼梦》的思索，则很有意思。他说："我觉得，甚至可以这样去着眼，'伊甸园'是人类婴儿时代、少年时代的乐园，桃花源是人类成年时代、中年时代的乐园，舍卫城是人类经过了人世全过程后的老年时代的乐园。世界上还没有听说有哪一个国家仿造伊甸园的呢。中国当然更不会有。但造过桃花源和舍卫城，而且都在圆明园内。我认为这两个寄托东方人理想的地方，曹雪芹是熟悉的，这两块地方才是人间的干净土，才是真如世界，才是华胥梦境。”（《说不完的〈红楼梦〉》，上海书店出版社，1993 年，第 120—121 页）

端木先生因着眼于曹雪芹的生平，讲得太实，我们不妨虚一些，扬弃圆明园，作另一种解说：

三生石畔、灵河岸边是伊甸园，即是《创世记》神瑛侍者与绛珠仙草（如同亚当与夏娃）相恋的地方。这是宝玉、黛玉“混沌”时代的乐园。

大观园是桃花源，是宝玉、黛玉和姐妹们少年时代的乐园。园中的诗社是超越功利世界的审美共和国，曹雪芹的梦中花园。

舍卫城则是《红楼梦》最后部分的“急流津觉迷渡口”。《金刚经》开篇讲的舍卫城，是释迦牟尼走出宫廷而成道的地方。而觉迷渡口则是贾雨村睡着而贾宝玉大彻大悟大觉的地方。这里虽然不是老年的乐园，却是走向“至乐”、走向“逍遥游”的出发点。

108

自我是一个极为神秘的内宇宙。《红楼梦》揭示，自我可以无限扩充、无限膨胀，以至发展到如王熙凤的不怕任何“阴司报应”，即不怕神、不怕鬼，不怕任何惩罚的极端狂妄，也可发展为“宁教我负天下人，休教天下人负我”的极端自私。王熙凤虽妄，但说的做的有迹可寻。而像贾赦这种“世袭一等将军”，其内心如何黑暗、冷漠、阴毒则无法猜度。《红楼梦》具有“破我执”意识的只有贾宝玉一人，其他人都自以为是，尤其像贾赦这些达官贵人更是自以为是。他们的心灵不曾有自审自省的瞬间。而王熙凤虽极端“聪明”，却又是极端“无明”，因为她始终未能自看自明。有灵魂才能自明，才能自救。《红楼梦》人物，多数无明。即如《好了歌》所嘲讽的世人，只知功名、金银、娇妻、儿孙而不明何为人生根本。

109

梁漱溟先生用“爱”与“悔”二字概说宗教的核心精神。他解释道：“悔”是对自己的不容，爱是无外。此恰是与功利的“有对”或“有外”相反（《梁漱溟先生讲孔孟》，广西师范大学出版社，2003年，第143页）。其实，“爱”与“悔”二字也是《红楼梦》的精神支撑点。它既是一部大爱之书，又是一部伟大的忏悔录，其主人公贾宝玉首先是“爱”的载体，他去“有对”，即没有争夺对手，没有敌人；又去“有外”，即没有排斥的异己，没有另眼相看的“外人”，无内外之别，无尊卑之分。其次，宝玉又是“悔”的载体，他常“垂头”自审（第二十二回），有自审意识，敢于正视自己的污浊和承担罪责。他的人生过程是始于痴，止于悟，其大彻大悟乃是对痴所造成的罪责的体认（诸女子因他而死）。因为有爱与悔支撑，所以《红楼梦》全书充满宗教情怀。但它又不同于宗教，无论是爱是悔，都不是通向神灵，而是通向天地人三者共和与真善美三者相契的人类本真心灵。

110

基督教的“上帝”在中国的大文化中被他物他念所取代。孔子以天代替上帝，老子庄子以自然取代上帝，朱熹以太极取代上帝，王阳明以“灵明（心）”取代上帝，佛教以无和空取代上帝，而到了慧能则以“觉”取代上帝。慧能其实是“自佛”“自上帝”。《红楼梦》受禅影响极深，也重自性、树自佛，以“女儿”为至尊。其女儿崇拜，说到底，是以青春少女取代上帝。如果把女儿视为真善美的一体化，则是以三位一体的协同存在取代上帝。不过，曹雪芹找到的女儿是肉身，并非纯精神理念，因此，书中展示的灵魂并不是超越肉身的灵魂。其灵魂全寓于人的悲欢歌哭之中，不属于超验范畴，这与西方（基督教）的上帝内涵大不相同。

111

从宇宙的极境之眼看，不仅宝玉是石头变来的，薛蟠也是石头变来的。石头带有泥浊性，它可以化为泥，也可以变成玉。

石头人化后还带有石头原来的泥浊性，这就是物欲、食欲、性欲等等，这些欲望愈是人化，就离动物愈远，也离石头的泥浊性愈远。《红楼梦》呈现石头（自然）人化后的两种前景，一种是贾宝玉的高级人化即高级情感化、灵魂化，也就是石头化为玉始终保持玉之高洁，进而化为心之高洁的前景；一种是薛蟠的前景，他是欲望化身，在完成外部自然人化之后无法进一步完成内部自然的人化，其感官、其情欲、其心理都仍然停留在原始欲望的阶段中，身心全都布满泥浊性。他的母亲薛姨妈在他入狱之后悲伤地称他为废人，用哲学语言说，便是他没有完成内部自然的人化，徒有人形而已。贾蓉、贾琏在不同程度上都没有完成内部自然的人化。王熙凤形容贾环的眼睛像“冻猫子”之眼，这也可以理解为未完成人化的动物的眼睛。

112

大乘佛教“唯识宗”讲八识，第八识——阿赖耶识中，有染净两种种子。染法种子，自能生染法；净法种子，自能生净法。净性在真心中，染性在妄心中。按曹雪芹的看法，世界分为净水世界与泥浊世界，少女是净水世界的主体，代表人间净性；男子是泥浊世界的主体，代表人间染性。少女所以干净，是她们体现净性，未被污染。宝玉说少女嫁出后就会变成“死珠”“鱼眼睛”，具有多种意思。其中一义便是嫁出后则进入男人的泥浊世界，由净入染，发生变质。男子之染来自他们的迷妄之心，迷妄的主要内容是《好了歌》所揭示的功名、女色、财富等。男子世界所以会变成不干净的泥浊世界，全因他们放不下对于功名、权力、财富的执着。曹雪芹所设置地上乐园（大观园）和人间净土，全然排除男子所象征的内容。

113

宝玉出家远走，算是止。始于痴，止于悟。全书能作这一结局，算是成功之笔。可是，走之前，却有圣恩浩荡，赏赐给贾宝玉一个“文妙真人”的道号。这就成了画蛇添足，多一处败笔。

《红楼梦》受庄禅影响很深。在整个思想框架中，道之真人比儒之圣人地位高得多。真人与圣人的区别是，圣人谋求世俗大角色，而真人则是世俗角色的空化。因此，既然是真人，就无须“文妙”；若要“文妙”，便非真人。何况贾宝玉在林黛玉“无立足境”的禅思导引下，由庄入禅，已走上更高的“无”境，更无须钦定的道号。庄与禅最大的区别是庄子还树立真人、至人等理想人格，而禅则打破一切权威偶像只求神秘性的心灵体验，从而更加内心化、灵魂化，也更加远离宫廷体系与世俗荣耀。

114

贾宝玉在《芙蓉女儿诔》的结尾，朝天呼唤："来兮止兮。"止的哲学与观的哲学是《红楼梦》的基本哲学。大乘佛教的观止哲学浸透《红楼梦》全书。《好了歌》也可解说为观止歌。观是看破，止是放下。大观之后最终是大幻灭，大痴之后最终是放下——止于悟，止于觉。《红楼梦》不是宗教，没有人格神。但与禅相通，以悟代佛，以觉代神。宝玉最后的结局是大止即大解脱。在大观园中冷眼观看尘世百态、人生百相之后走向大止之路，这是《红楼梦》的情感之路，也是哲学之路。

115

世上各大主流宗教和主流哲学，都有其彻底性的特点。爱一切人，包括爱敌人，这是基督教；爱一切生命，包括爱狮虎蚂蚁，这是佛教。经过老庄的洗礼，佛教化为中国的禅宗，其彻底性是把庞大的教义简化为"我即佛”这么一个公式：佛就在我身上，就在自性中，就在生命深层本有的真心中。这一本真之性便是佛的立足之境，便是存在之家。此外，别无立足之境，别无归属。企图立足于外部世界的其他境地，便不干净。佛即人格的高峰，精神的尖顶，生命的灵山，这种山顶与巅峰，就在自己生命的无底深渊中，求佛就是在生命深渊中发现那点不灭的光明，就是自明与自救。林黛玉的“无立足境，是方干净”，核心意思是拒绝求诸外境，打破一切外部归属。

116

美国名著《白鲸记》（梅尔维尔著）呈现的是《旧约》精神，其主人公亚哈船长身上的血液是耶和华的血液而不是耶稣的血液。而白鲸莫比 · 迪克的性格也是耶和华的性格。马丁 · 路德的宗教改革，其关键点是把基督教的重心从《旧约》转向《新约》,从耶和华转向基督，从圣父转向圣子，从严厉转向慈悲。中国“五四”新文化运动也是一个文化重心从“父”向“子”的历史性转变，鲁迅在《我们现在怎么做父亲》的文章中说，过去是以长者为本位，现在应是以幼者为本位。而在这之前，《红楼梦》早已完成了一个马丁·路德式的转变和“五四”式的转变，即精神本位与哲学基点从父转向子，从贾政转向贾宝玉，从孔夫子转向慧能，从大男子转向小女子，从王夫人转向林黛玉，从李纨转向晴雯等狐媚子。中国近现代的文艺复兴，《红楼梦》是伟大的起点。

117

秦钟与贾宝玉都长得很清脱很漂亮，宝玉第一次见到秦钟时便为其美貌而倾倒，并成为挚友。但两人毕竟有一巨大差别，就是精神底蕴的差别。精神底蕴不足，再机灵的生命也会往世俗的低洼处滑落。秦钟在生命弥留之际，撑不住原先的理念，魂魄返回阳间规劝宝玉放弃本真信念而迎合时尚，便是底蕴不足的暴露。个体生命如此，民族整体生命也是如此，所以各个民族都要开掘自己的文化本源和守护文化宝藏。难怪英国要说出“宁可失去印度，也不可失去莎士比亚”的“绝话”。如果没有莎士比亚，英国的精神底蕴就不会那么足；同样，如果没有康德和歌德，德国的精神底蕴也不会那么足。美国虽强大，但总让人觉得文化底蕴不足。而中国，幸而远有先秦诸子，近有《红楼梦》，所以才感到有生命的底蕴在，尚可面对现代的世界文化。

118

袭人用返家威胁宝玉从而提出三条要求，其中有一条是不可“毁僧谤道”。其实，宝玉只是嘲弄僧、佛的表面功夫，内心却接受佛的光明。佛既看大千，又观自我；既热爱众生，又不膨胀自己。尤其是慧能阐释的佛，更是放下所有的执着与妄念，留下唯一的“有”，便是觉，便是悟。所谓成佛，也并不是成为救世主，只是内心平和、质朴、纯粹、安静、慈悲而已。慧能不信佛全知全能，更不信自己全知全能，只是在日常生活中一点一滴地感悟与提升，一步一步从痴迷中解脱。如果承认这些道理正是佛理，那么，宝玉离佛最近，身上最有佛性，可惜袭人虽然爱他却不了解他，以为他是儒的异端也是佛的异端。

119

中国的氏族贵族传统过早中断，但也产生贵族文学的三个伟大个案。一是屈原，二是李煜，三是曹雪芹。屈原《天问》之后找不到精神归宿，最后只能投江而亡，以“无”否定现实的“有”。而李煜和曹雪芹，皆走向大慈悲，把个人的忧伤化作对一切生命的大爱。用王国维评价李煜的语言，是“担荷人类罪恶”，走向释迦牟尼和他们不知其名的基督，灵魂终究与释迦牟尼、基督的伟大灵魂相逢。但他们都不是救世主，而是自救的心灵的天才，都在审美中得到某种解脱。如果曹雪芹出生在十九世纪与二十世纪之交，他也不会走向尼采而追逐超人，而仍然会走向基督和慧能，从真我进入无我。

120

林黛玉只爱宝玉一人，对社会对他人有一种天生的冷漠，所以她喜散不喜聚。宝玉却满身热情，所以才喜欢聚。《红楼梦》文本说出宝钗是冷人，她固然是冷人，但黛玉也是冷人。相比之下，黛玉是真冷，宝钗则是假冷，她内里很热，所以才需要冷香丸化解热、压制热。

宝钗外冷内热，黛玉外热内冷。热与冷的对峙、聚与散的对峙、俗与雅的对峙、刚与柔的对峙、卤与乖的对峙、呆与巧的对峙、通与专的对峙、博与约的对峙、诚与伪的对峙等布满《红楼梦》小说文本。这是双重结构的叙事艺术。支持艺术的哲学基点是有与无、真与假、色与空、好与了、观与止、阳与阴、觉与迷的相反相成，即一体二用的转化运动。“假作真时真亦假，无为有处有还无。”无论是有还是无，也无论是热还是冷，都在变易中，转换中，相互浸透中。

121

人类史上一些大文化系统如古印度文化、玛雅文化、巴比伦文化、埃及法老文化等都灭亡了。但中华文化却一直健在。它可以消化掉别种文化，别种文化却消化不了它。其根本原因是它有存在的合理性。黑格尔说“凡存在的都是合理的”，我们可以补充说，凡数千年一直存在的，更是合理的，即具有巨大的合理性。《红楼梦》就充分展示这一合理性。从小说文本中可以看到，中华文化乃是儒、道、释、法、名等多种文化共生的多元结构文化。有无可以互通，儒道可以互补，儒法可以互用，儒释可以互相调节。共生结构中有重秩序重伦理的理由，也有重自由重自然的理由，有贾政、薛宝钗的世界原则，也有贾宝玉、林黛玉的宇宙原则。文化整体既能导致欲望，也能破除欲望，灵与肉都有其存在的权利与义务。《红楼梦》不是一种社会形态的百科全书，而是中华文化，包括中华哲学文化的百科全书。

122

《葬花吟》与《芙蓉女儿诔》是《红楼梦》中的长诗，又是最精彩的代表作。《芙蓉女儿诔》近赋，有些句子还有“隔”，而《葬花吟》则类似咏叹调，全然不“隔”。王国维把“隔”与“不隔”作为重要尺度评价诗词，独创一说。但他只以此说评词，从未以此说评人。如果让他以此评论《红楼梦》人物，一定会发现贾宝玉和宇宙没有“隔”，与大自然没有“隔”，与万物万有没有“隔”，所以贾宝玉才会“时常没人在跟前，就自哭自笑的。看见燕子，就和燕子说话；河里看见了鱼，就和鱼儿说话。见了星星月亮，他不是长吁短叹的，就是咕咕哝哝的”。（第三十五回）对于宝玉，山川大地，日月星辰，千花万卉，飞鸟鸣禽，不仅是朋友，而且就是他自己——全是他自己灵魂的一角，所以他不仅是诗人，而且是人诗，“天地与我同根，万物与我一体”——无言大美与我同心共在的人诗。

123

林黛玉的《葬花吟》之所以异常动人，而且肯定能够感动千秋万代的后世知音，是因为不仅诗写得好，而且有诗人本身一生的悲剧行为语言作注，特别是葬花之后的诗人之死，和死前的葬诗（焚诗）行为语言。葬花时注入的是泪，葬诗时注入的则是血。大诗人总是提供双重文本：书写语言的文本和行为语言的文本。屈原因为有自沉汨罗江的行为文本，才使他的书写文本中关于生死的形而上思索大放光彩，王维在安禄山政权中担任伪职的行为则给他的禅诗蒙上阴影。大观园里的诗人，个个又是人诗，宝玉也是人诗，于是，诗人的书写语言给人诗作注，人诗的行为语言又给诗人之诗说解。

124

晴雯和袭人性情不同。晴雯的性情包含着自身对个体生命权利朦胧的知觉，这种知觉无师自通，因此也可能是天生的心觉。袭人则没有这种知觉或心觉。在王夫人眼中，小女子的知觉度愈低愈好，知觉度愈高愈危险。晴雯临终前对宝玉说：“早知如此，我当日也另有个道理。”她要宝玉把自己的话宣示于人，不可畏缩。这是对宝玉的呼唤。贾宝玉最后看破红尘，是大心觉。而他的启蒙者，除了林黛玉之外，就是晴雯、鸳鸯等小丫鬟。

125

贾政、贾敬、贾宝玉三者都在寻找人生的永恒之路。贾政的儒之路，通过建功立业以求不朽；贾敬的道之路，通过炼丹吞砂以求不死；贾宝玉的佛之路，则通过大彻大悟以不执“不住”——应无所住而生其心，让心灵在无立足境中得大逍遥。他在最后日子品读《秋水》，摆脱了河伯原先的狭小眼界，进入永恒时空。

126

贾宝玉被父亲打得皮破血流后，没有向贾母申冤、诉苦、告状，没有痛哭，不思报复，完全没有人相、众生相。养伤时，玉钏儿送药汤烫到他的手，他反而问玉钏儿烫到了没有，伤痛时还想到别人，完全没有“我相”。在众人面前被打，大失面子，受了侮辱，但他不仅忍辱，连忍辱相也没有。这一表现与《金刚经》中释迦牟尼的前身被歌利王砍下耳朵、手脚而离诸相一样。他真正做到“应无所住而生其心”。高尚、单纯的内心，没有任何对怨恨的执着。佛在哪里？佛就在这种开阔的没有仇恨、没有报仇之念的心灵中。

127

林黛玉是《红楼梦》人物中悟性最好，破“执”最彻底的诗人，但有时也有所执，放不下。元春省亲时，她想好好展露一下自己的诗才，固然有率性，但也是放不下“我相”。与人争辩时，咄咄逼人，爱说刻薄话，动不动撕破人家的脸皮，固然也率性，但也是没有全放下。一个最有悟性的人，并不就是一个能够一悟到底，一次完成彻悟的人。悟是一个生命的内在历程，有时悟，有时不悟，有时此处悟，他处不悟。宝玉从情痴到情悟到最后大彻大悟也是如此，他的彻悟不是一次完成，而是一生的实现。

128

对话是一种思想与心灵的接生。对话的方式是西方哲人所说的接生婆方式。美好深邃的情思心思匿藏于心底的深渊中，通过对话把它开掘出来，如同接抱初生的婴儿。贾宝玉和林黛玉谈禅，是深邃的对话，彼此互为接生婆。禅宗的棒喝是接生，宝玉和黛玉的对话也是接生，诗社中的赛诗也是接生，接下来的思与诗，正像春蚕的缕缕丝。宝玉与黛玉的禅语对话，是悟的碰撞，是智慧的联欢，是佛的相逢与相迎。宝玉说：“禅心已作沾泥絮，莫向春风舞鹧鸪。”黛玉立即警告：“禅门第一戒是不打诳语的。”（第九十一回）悟的碰撞，佛的相逢，要紧的是真到底，一点敷衍都不可。

129

宝玉和黛玉最高兴的时候是禅心相逢、禅机相遇之时，那是没有语言障碍的心灵相会，即使猜不出禅偈，也有大快乐。第二十二回，宝玉、黛玉、宝钗三人斗禅，黛玉笑问：“宝玉，我问你，至贵者‘宝’，至坚者‘玉’，尔有何贵？尔有何坚？”宝玉竟不能答。二人拍手笑道：“这样钝愚，还参禅呢。”黛玉、宝钗竟一起拍手笑谈，宝玉自然也是乐在其中，这种乐，便是心无任何挂碍的禅悦。大观园里的诗社比诗，不仅有诗兴，还有禅悦。陶渊明生前禅宗尚未进入中国，但他自明自悟自得，无师自通，竟然也有禅悦，那是羁鸟飞出笼子回到旧林的解脱感，是池鱼重入广阔渊海的大自在感和回归故乡感。可惜王维、孟浩然，虽也谈禅，却缺少发自内心的禅悦，于是境界迥然不同。

130

贾宝玉“想到《庄子》上的话，虚无缥缈，人生在世，难免风流云散，不禁大哭起来”。宝玉平素就喜聚不喜散，此时，不仅是聚会小散，而且是恋人姐妹远离家园的风流云散，这才是真的孤独，真的伤感，需要大哭。在意识或潜意识里，宝玉是最明白人生是短暂的、刹那的存在，正如李白“秉烛夜游”，也是意识到人生的短暂。因为有此感，他才珍惜此时此刻，珍惜当下。他从不说也不想过去与未来。不将不迎是他的天性，既不被过去所束缚，也不被未来所蒙蔽，只在当下充分生活。喜与人聚，是因为热爱生活。曾经是一块被抛到宇宙边缘的石头，来到人间，最懂得时间性的珍惜。

131

《红楼梦》讲“无”、讲“空”、讲“了”，让人看破看透，奇怪的是，读了《红楼梦》更有精神。这原因大约是书中讲空无，固然有否定，但不是全部否定、一概否定，它只否定那些遮蔽生命本真、生命根本的各种“色”，只拒绝被功名、财富、权力所役，与此同时，它却以最充分的理由和最大的力度肯定生命，肯定真善美，肯定慈悲与智慧。于是，“空”与“无”便化为否定与肯定、拒绝与响应互动的力量，这是无须神助、无须上帝肩膀而拥有的力量，是哲学产生的伟大力量。这种力量不是来自外，而是来自内，它也支撑着人类的生命去奋斗、去创造、去牺牲。这种哲学将不会灭亡，因为它只把生命的遮蔽层化作虚无，并不把生命本身化作虚无，这是一种永恒的合理性。

132

“禅心已作沾泥絮”，这是宝玉献给黛玉的誓言，深情不改的表白。如果借用这一禅语来说明《红楼梦》的写作，那是曹雪芹把大关怀紧贴于文本的叙述中，大叙述与大关怀合二为一，水乳交融。一切文采，都如沾泥之絮，紧贴着作品的大心灵。这与当代时髦的结构主义者、语言本体主义者不同，这些主义把《圣经》和其他文学经典中的大关怀剥离出文本，只作形式上的阐释。把本来不可分裂的文心与文体加以分裂，把大关怀从文本中剥离，进行所谓纯文本分析，这是当代文学批评的致命伤。

133

基督讲救赎，只讲天父不讲家父，亲情往往被忽略。孔子则尊家父重亲情，并推父及君，推孝及忠，又重世情。《红楼梦》中儒、道、佛皆在，世情、恋情、亲情都有。

但它的划时代意义是把个体生命的恋情放在第一位，爱情大于亲情，也大于世情。鸳鸯与贾母同时死，宝玉大哭，为鸳鸯并非为祖母，鸳鸯重于亲奶奶。宝玉周岁时别的不顾，只抓脂粉钗环，贾政说他是好色之徒，他真的是把个体的情感放在亲情、世情之上。

134

说《红楼梦》是宇宙的，是说它实现了最大的超越，即超越社会形态。贾宝玉、林黛玉既是社会中人，又是宇宙中人，他们的生命不仅在有限的“时代”中，而且在无限的“时间”中，其故乡也不是在有限的家园中，而是在无限的空间中。曹雪芹不能给宝玉、黛玉任何头衔、任何世俗角色，例如给予“进士”“廷尉”“子爵”等头衔身份，这种转眼即碎、过眼烟云的招牌桂冠都会错置人物的位置。写过《风萧萧》的徐讦毕竟是作家，他对《红楼梦》有一真见解，说：“《红楼梦》的人物则是个个有充实的个性的表现的人物，这些人物正是贾府这个家庭一样，他们并不是在时代中淘汰，而是在时间中消灭。《红楼梦》所表现的不满，不光是对于一个社会一个时代不满。在文艺永恒的题材上，作者对于时代可以说是不放在眼睛里的，时代在永恒时间里算得了什么？……”（《< 红楼梦 > 的艺术价值与小说里的对白》，《徐讦文集》第 11 卷，上海三联书店，2012 年，第 30 页）

135

贾宝玉的泛爱，包括广义上对一切众生的尊重与狭义上对不同女子的倾慕与恋情。说他是尚未成道的释迦牟尼，是他还未达到大乘佛教那种“普度众生”的情怀。他的泛爱还是有选择性。他不喜欢老妈子而喜欢小姑娘，这里还有老、少之别，抵达不了释迦牟尼的高度。《红楼梦》是文学作品，不是宗教经典，宝玉既有爱的无边，又有爱的局限，所以他才是人，而不是神。

136

大乘佛教讲观止二法并倡导止于庄严。《红楼梦》人物止于庄严的并非王侯贵胄，反而是小人物。尤三姐、鸳鸯毅然而死，其庄严无人可比。晴雯虽止于凄凉，但凄凉中也有庄严。她毅然剥下指甲，告诉宝玉早知如此，何必当初，并要宝玉把自己的话宣示出去，这也是庄严。至于鸳鸯拒绝贾赦的那一番话，更可视为庄严的人格宣言。主角林黛玉虽止于悲愤，但也有庄严。其焚烧诗稿的行为语言也是庄严之诗。一把火焰，燃烧的是人的尊严与骄傲，可歌可泣。而贾宝玉虽不能说止于庄严，但可以说止于空寂。黛玉穿过庄严最后也是止于空寂。“冷月葬诗魂”就抵达了空寂之境。空寂是最高境界，不仅是空，而且是空空，连空相都没有。不仅是无，而且是无无，连无相也没有。白茫茫一片真干净，那是寂寥，也是离一切相的庄严与明净。

137

“质本洁来还洁去”，其外部意义是大来大往，来自洁天洁地，又回到洁天洁地，始于洁，止于洁。老子《道德经》的复归于太极，也是指涉这一外部意义。而其内部意义则是指生命的自我回归，即回到生命原初的本真之中，类似老子的“复归于婴儿”。禅宗认定人自性的处女地是一片至洁的净土，入世后才被世俗的尘埃所遮蔽，因此，回归净土，开掘自性中的“佛”，便是人的使命。但是，这还是俗谛说的自性，而真谛（佛）说的自性则是空。空与无，才是自性的第一义。林黛玉回归的洁处，第一站是自性中的净土，第二站则是产生第一义的无何有之乡，即“无立足境”之境。两者都是最后的寓所与家园，也是真正的故乡。在这个故乡里，无世俗世界里所营造的角色、归属、事业甚至无所谓主体。回归到“无归属”之中，才是大解脱。

138

宝玉得知自己的姐妹迎春即将嫁给孙绍祖，又听说有四个丫头陪过去，便跌足自叹道："从今后这世上又少了五个清洁人了。"（第七十九回）宝玉把少女视为净水世界的"清洁人"，一嫁出去，便入泥浊世界，不算清洁人了。这之前，他就说过，嫁出的女子是死珠、鱼眼睛，这回进了一步，变成浊人浊物了。《红楼梦》之梦是止于洁的梦，女儿不要出嫁的梦。如果说，这是乌托邦，却还是至清至洁的乌托邦，不是妻妾成群，要什么有什么的乌托邦。两百年后的鲁迅笔下的阿 Q 也有乌托邦，那是"要什么有什么，要谁就是谁"的皇帝梦。世间的梦都是"有"的梦，曹雪芹的梦则是"无"的梦，"清洁人"之梦也是"无为有处有还无"。

139

说贾宝玉“情不情”（脂砚斋透露的情榜类型），实际上是把情推及不情者。宝玉与天地同体，心胸如同天地广阔，所以他能推情及物，推情及天，推情及地，推情及不情人，推情及不情物，推情及下等人，推情及边缘人，推情及戏子，推情及奴隶，推情及挂在墙上的画中人等。最后他还把情推到刘姥姥胡诌编造的在雪地上受苦受难的姑娘——根本就不存在的庙中女。基督与释迦牟尼的慈悲，是推情于全人间。基督的彻底是推情及敌人；释迦牟尼的彻底是推情及狮虎飞鸟等一切生物。宝玉之彻底是把真推向不真——推向他人编造的故事。因此，他不仅是“情不情”，而且还“真不真”，甚至还“善不善”。

同样面对轩阁琼苑，却产生两种不同质的空感。一是觉得它不属于自己，于是惆怅、失落。“一生几许伤心事，不向空门何处销？”这是王维的空感。另一种则是贾宝玉，父母府邸的琼楼玉宇，都属于他，但他没有感觉，更没有占有的欲望。这些身外艳色，进入不了他的眼睛，更进入不了他的心灵。面对刚刚落成的大观园，他只产生一缕幻觉，这是潜意识中的空觉。王维虽然说禅，却未能悟到空的真谛，所以至死也放不下往昔辉煌的记忆。所作的禅诗也有“为赋新诗强说禅”的味道，而贾宝玉则不同，他与黛玉说禅，句句出自内心，所悟所吟，不将不迎，完全没有对于过去“繁华”的执着。

141

葬花与焚诗是林黛玉的两大行为语言。这一语言暗示，在这位天才少女的心目中，人与花无分，人与诗无分。人便是花，花便是人；人即诗，诗即人，全是真生命。是人葬花，还是花葬人？是人焚诗，还是诗焚人？也分不清，正如是庄周梦蝴蝶还是蝴蝶梦庄周分不清一样。物我同一，天人同一，在世人脑中可能只是理念，但在黛玉身上，则是心灵。黛玉作为大观园的首席诗人，不仅诗写得最好，而且她的生命最奇特：泪诗化了，情诗化了，花诗化了，天地诗化了，生死诗化了。她的生命具有诗化的纯粹性，所以最美。

142

黛玉生命的跨度没有边界，“天尽头，何处有香丘？”“人向广寒奔”等等诗句，都说明她的内生命抵达了天宇的尽头，那个被称为“无”的难以言明的至深处。

但她的外生命——她的所谓身躯却处于最狭窄的圈子，其人际关系的外延小到除了一个朝思暮想的宝玉之外就是周边的几个小女子。因为外延小，心灵内涵便往深处扩展，她想得比谁都深，想象力比谁都高，人际关系简化到接近零，而心灵却深化到接近无限。

143

“那宝玉是不要人怕他的”，也不觉得“须要为子弟之表率”。（第二十回）这是《红楼梦》作者对主人公的评价性描述。贾环为赌输钱而哭，正好宝玉走来，人们都期待作为兄长的哥哥能教训一下弟弟，但宝玉不作训诫，不作价值判断，既没有兄长相，也没有表率（榜样）相。他不要人怕他，当然也就不会通过种种生存技巧和人生策略来树立自己的权威。中国帝王讲究“深居简出”，就是要让人觉得高深莫测而怕他。贾宝玉扬弃一切人生策略，绝不刻意建构自己的“光辉形象”，也没有改造他人的企图，只尊重生命自然，既尊重自己的自然，也

206

法国哲学家柏格森获得诺贝尔文学奖并不奇怪，他的哲学（代表作《创造进化论》）本身就像一首长诗。他认定哲学方式与科学方式绝对不同。科学方式是机械的、理智的，而哲学的方式是直觉的，带有艺术意味的。他的见解用来说明中国哲学更为准确。中国的哲学家，从孔子、老子、庄子到慧能、朱熹、王阳明，都是直觉的天才。曹雪芹的方法与庄子的方法更为相似，更带文学艺术意味。两人都是以天才的直观讲述宇宙与人生的故事。直观之下，天地间只有生命的冲力和创化的活动才是真实，才是本体，才是真我。而情爱、友爱、亲情之爱以及阅读、歌哭、诗赋、琴画、自由追求、精神创造等都是本体的衍生。一切生命与天为一，与物共生共变，因此，对于世俗眼睛下的是非、善恶、尊卑、爱恨、输赢等，均可以给予理解的同情。曹雪芹正是以天才的直观理解人生的千姿万态，对一切生命存在形式都给予理解的同情，这就给《红楼梦》的大慈悲提供了哲学基石。

《红楼梦》翻了三个历史大案：一是美丽有罪；二是情欲有罪；三是女子有才华有罪。自从把商代的妲己视为狐狸精之后便开了美丽有罪的理念传统，美女子便成了误家祸国的尤物。

王夫人承继这一传统，也把晴雯、金钏儿、芳官等视为狐狸精。但小说让晴雯提出抗议："我死也不甘心的：我虽生的比别人略好些，并没有私情密意勾引你怎样，如何一口死咬定了我是个狐狸精！"也让宝玉提出大质疑："我究竟不知晴雯犯了什么弥天大罪？"之后又作《芙蓉女儿诔》对晴雯作出最高礼赞。如果说晴雯犯了"狐狸精"罪，那么秦可卿则犯了所谓情欲罪，但她赢得"兼美"的名号，死时倾城厚葬又给予最高的哀荣。除了美丽、情欲之外，女子才华也被视为不祥之物，所以才有"女子无才便是德"的潜规则，但《红楼梦》设置大观园诗坛诗社，让女子比赛诗才，皇妃元春省亲也要检阅妹妹们的才华，众女子中的第一德人薛宝钗则身兼诗人与"通人"（学贯古今之人），才华非凡。有《红楼梦》为美丽请命，为情欲请命，为才华请命，中国的女性精华便开始迈向光明的时代。

208

按照庄子《逍遥游》的见解，飞翔于九万里高空的大鹏无须与地上的蜩与学鸠对话与论辩。凡被俗物所伤大约都因飞得太低或与俗物处于同一水平线。贾宝玉的身体不得不随俗，所以也被俗人（如贾环）所伤，但他的心灵却一直飞得很高，所以不予计较。他被贾环的蜡油烫伤之后，王夫人要到贾母那里告状，而宝玉立即制止，此时，他的心灵不仅飞得比贾环高，也飞得比母亲高。在大贵族府邸里，他其实是一只精神之鹰。他写《芙蓉女儿诔》那么情真意切，是因为能抵达“心比天高”的晴雯高度，心灵可以和他一起在“天尽头”飞翔的只有林黛玉。

209

在《红楼梦》第一回中，“黄金”与“黄土”是对应的一对重要词语。甄士隐给《好了歌》作注中写道：“说什么脂正浓、粉正香，如何两鬓又成霜？昨日黄土陇头埋白骨，今宵红绡帐里卧鸳鸯。金满箱，银满箱，展眼乞丐人皆谤。”黄金与黄土，哪一个是最后的真实。曹雪芹以为金满箱、银满箱是幻象，“黄土陇头”才是最后的真实。“纵有千年铁门槛，终须一个土馒头”，别的尚未决定，但黄土、白骨、土馒头则是已定的必然。面对黄土，估量黄金才会有清醒的意识。正如面对白骨，评价白银才会有清醒的意识。“风月宝鉴”的意义相同：面对骷髅对于色相才会有清醒的意识。死亡是人生的结局，又是巨大的参照系。

210

在清朝雍正、乾隆时代，人的生命已经物化、异化。世人个个都被身外之物所裹挟，连世人中的精英也个个被功名所挟持。《好了歌》发现人已大规模变质，变成功名的人质，金银的人质，娇妻的人质，儿孙的人质。什么是人？什么是好？什么是真价值？什么是生命的本体？世人用他们的狂热的行为做出的回答是什么都忘了，唯有功名、金银、娇妻、儿孙忘不了。这种“忘不了”是时代的风气，历史的潮流。个个都当风气中人，潮流中人，而小说的主人公却走出风气，超越潮流，成了“槛外人”。所谓槛外人便是风气外人、潮流外人，便是异端。《红楼梦》是部异端大书，又是守持生命本真本然的大书，拒绝充当功名人质、财富人质、权力人质，也拒绝被风气所裹挟的至真至善至美之书。

211

韩愈作《原道》，宣扬的"道"与老子《道德经》的"道"完全不同，甚至相去万里。老子之道，是宇宙存在的形而上大道；韩愈的道则是儒家道统，形而下的生存之道。两者有大道与小道之分，也有道言与人言之分。大道本无言，老子不得不言，被迫宣讲的是道言，即大制无割、万物一体之言，非日常概念。《红楼梦》是文学，但它把道加以诗化，用诗性语言展示心灵大道与情感大道，也是道言，而非人言。读了韩愈"原道"，仍旧茫茫然，生命仍然不知去向。读了《红楼梦》，则明白什么才是生命的正道与大道。

212

政治不仅没有道德可讲，而且没有道理可讲。所言所思所为只有利益原则，而且是当下的利益原则。《三国演义》军事游戏背后是机关算尽的政治游戏。争斗的三方皆不讲道德、道义、道理，只知夺得地盘与权力。为了达到目标，可以使用一切最黑暗、最血腥的手段。

曹雪芹深知政治为何物，因此远离政治，也不把《红楼梦》写成政治小说，“毫不干涉时世”，无“伤时骂世之旨”。但文章偶尔嘲弄政治，则入木三分。薛宝钗的《螃蟹咏》如此描画政客：“眼前道路无经纬，皮里春秋空黑黄。”无经纬即无道理。此诗把政客说成是一种皮里春秋、信口黑黄的横行生物，用笔甚重。所以特让众口评说：“这些小题目，原要寓大意思才算大才，只是讽刺世人太毒了些。”小说中的“毒笔”还不只此处，但很稀少。这两句诗，可视为曹雪芹概括的政治哲学。

213

释迦牟尼从宫廷出走之后，便从有限走向无限，如同走出湖泊而归入大海。贾宝玉从天上走入贾府，即从无限走向有限。但他又不安于有限，不执着于常人的故乡故园，把自己定位为槛外人、异乡人，经常听到无限故乡的呼唤。《红楼梦》破一切执，也破“故乡”之执，从而把故乡扩展为无边无际，扩展为对世间归属的超越。有此超越，才有大自在。王熙凤与宝玉完全不同，她只有世俗的衣锦还乡之梦，完全执于世俗的家园，因此，贾府一旦被查抄，她立即变成一只死猫，完全丧失原先的活力，完全不知家门槛外的无限世界。她的视线只能覆盖在场的东西，不能覆盖不在场的东西。

214

《红楼梦》全书横贯着天地大气。《芙蓉女儿诔》的结语是“来兮止兮”的感叹与呼唤。整部巨著中的主人公和在天上注册的人物，都是大来大往、大观大止的诗意生命。妙玉问宝玉“何处来”，宝玉答不出。惜春笑说，“你没听见人家常说的‘从来处来’么？”不知从何处来，也不知到哪里去。没有具体的时空。只知来自无限空间和回归无限空间。止也不是止于一个朝代，而是止于无限的时间中。

474

黛玉为“还泪”即为情而来，也因泪尽情空而去，来自无尽深渊又归入无尽深渊。她对宝钗说：“早知他来，我就不来了。”只是来还情，并非来争情，到人间走一回，倘若陷入争端，那还有什么意思？来有大道，往也有大道，所以，往来均是大气。

215

王国维说惜春、紫鹃的出家解脱，境界不如宝玉。这是因为宝玉的出家有一个从情痴到情悟的过程，经历了情感的磨难，赢得了刻骨铭心的体验，所以最后的彻悟是真彻悟、大彻悟。惜春的出家则属低档次的皈依，她自始至终与情无涉无关，几乎不知情的存在，谈不上情痴，更说不上情悟。妙玉虽是出家的先锋，但又太聪明，知道情的危险，所以始终未敢真正进入情的深处，所以也未有情悟。倒是紫鹃在保留着黛玉的残存之情时，看到宝玉的“无情”从而看破情的脆弱与虚幻，真有所悟。唯有贾宝玉，投入了大情感，所以才有了大彻大悟。《红楼梦》开篇说“因空见色，由色生情，传情入色，自色悟空”，对空的感悟不是凭空而生，而是必须经历一个破色执与破情执的过程。

216

《红楼梦》人物，第一个出家的女子是妙玉，然后是惜春、紫鹃、芳官等，男性出家的则是甄士隐、柳湘莲、贾宝玉。

妙玉出家不成功，这不仅是她的结局遭大劫而落入黑暗泥潭，还在于这之前把僧与俗的分别绝对化，一直没有悟到众生皆有佛性的基本佛理。佛与道不在于表面的佛、法、僧，而在于内里的觉、正、净。执于相而不明于心，从而失去对刘姥姥这些“众生”的大慈悲，这是妙玉的致命伤：空只挂在口里，不在心里，至死进入不了不二法门。

217

日本文化有两个象征物，一是富士山，一是樱花。后者灿烂温馨，前者则有潜在的爆发性。二者都不复杂，难怪日本文化有一种儿童般的简单，它既没有英国文化的理性，也没有中国文化的中庸。最能反映日本文化精神的三岛由纪夫，再活一千年，也不会有哈姆雷特的犹豫和贾宝玉的中性中道。贾宝玉是排斥大仁大恶两极而行中道的两栖人。他不喜欢孔夫子，却近中庸，但因为他的中庸里有“狂”（乖张）和“狷”（清高、不入仕途经济）的支持，所以不会变成乡愿，再加上庄禅的洗礼，便成了平和的异端，因此，既大异于三岛由纪夫的爆炸性，又无儒家的道统气息，只有一种孩子般的单纯。

218

海明威的《老人与海》，是海氏全部作品最深刻也最有形而上意味的一部，可惜结尾过于匆忙，没有造成

《红楼梦》似的哲学深渊。海明威的另一部代表作《永别了，武器》，其哲学意蕴就大不如《老人与海》，其记者的新闻味全然压倒哲人味，精神内涵显得更轻。海明威的长处是男人气魄，不是儿女情长。从表层看，曹雪芹的《红楼梦》正相反，似乎只有儿女情长，没有男人气魄。其实不然，《红楼梦》虽然不喜欢男人浊气，却有旷古未见的男儿大气，其对八股与仕途之路的拒绝，力透金刚。整部小说重构历史，重构文化基石，重构价值体系，也重构哲学魂魄。其哲学意蕴之深广也是《老人与海》所难以企及的。

219

平儿被有些读者赞美为完人全人，在处理人际关系中确属一绝。曹雪芹把生活在贾琏与王熙凤夹缝中的这个由丫鬟提升起来的小妾，命名为平儿，也许是谐音平和，但“平”字在中国“和而不同”的哲学中本来也有重要位置。《国语•郑语》史伯对郑桓公说：“夫和实生物，同则不继。以他平他谓之和，故能丰长而物归之；若以同裨同，尽乃弃矣……”这是史伯总结晋亡的原因而阐释“和而不同”时说的哲学道理。钱锺书先生在《管锥编》中非常赞赏这一道理，他说：“史不言‘彼平此’、‘异物相平’，而曰‘他平他’，立言深契思辨之理。”他是他人与他物。自我与他人之间，他人与他人之间，这一关系属主体间性。“他平他”即尊重他人的主体性，在主体之间求得平衡。这一平衡不是要他人认同，而是首先尊重他人的不同，包括尊重王熙凤这种可怖的不同，然后再求同。这便是真正的和。历来的专制者只知以同裨同，误认为和就是绝对同一或绝对统一，不知多元共生的道理。史伯告诉郑桓公“和而不同”的道理，是和的真谛。《红楼梦》中的平儿以及她的名字、行为所负载的正是“他平他”及“和而不同”的哲学。

220

第七十六回，有“事若求全何所乐”句，讲对人对事不可求全责备。

对他人求全则无宽容，对自己求全则无轻松，对社会求全则无理解，对文章求全则无个性无棱角。贾母与贾宝玉的快乐，便是建立在对人对事均不求全责备的基点上。贾母若对人求全就不会那么喜欢王熙凤，也不会从王熙凤身上得到那么多乐趣，她明明知道王熙凤是个泼皮破落户。贾宝玉是个名副其实的快乐王子，他的乐也来自宽容。他拥有许多与贾环结仇的理由，但不结仇，他拥有许多怨恨父亲的理由，但不怨恨。他的泛爱与兼爱，虽也带给黛玉一些苦痛，却带给他自己许多欢乐。

221

佛教发现“苦海无边”，乃是发现人类生存世界的无限荒诞性；而发现“孽海无边”，则是发现人自身的无限荒诞性。二十世纪西方的文学思想者创造了荒诞小说与荒诞戏剧，也有两大脉络，一是卡夫卡发现生存环境本身的荒诞性，把荒诞视为现实的属性；二是贝克特、加缪等，把荒诞视为人的主体混乱和无意义。前者侧重于对荒诞客体的呈现，后者侧重于对荒诞主体的思辨。前者认为荒诞本来就在那里，不是哲学的认知；后者则认为人无理性可言，人性不可改造，一切努力均是悲剧性的重复。《红楼梦》作者的荒诞意识，也是双向的：向外正视人的真实处境，呈现泥浊世界的荒诞属性；向内则正视“浊人”“滥情人”“嫌隙人”“尴尬人”等主体的黑暗与卑劣，人生不过是“葫芦僧乱判葫芦案”的“又向荒唐演大荒”的过程。

222

慧能以“本来无一物，何处染尘埃”的思想，赢得弘忍的激赏，把“无”的虚境强调到极端。但他的伟大贡献并非把人引向虚境，而是借宗教把“解脱”引入日常生活，让人在挑水、劈柴的实境中感悟人生的真谛，摆脱虚妄的束缚。贾宝玉正是慧能哲学的呈现者，他不求成仙，不求不死，不当救世主，不活在虚无缥缈中，倒是脚踏实地，认真生活，享受每一瞬间，领悟每一情景。他看到龄官在地上书写“蔷”字，便悟到人间各有各的情分，他不可有垄断女性的妄念。他看到自己最心爱的林黛玉死亡而自己无能为力，更是悟到该止于何处何方。他的悟与觉，不是来自天上，而是来自地上，即悟为自悟，觉为自觉，明为自明，这正是慧能开辟的新思路。

223

什么是高贵？这是最根本的价值观与人生观，人间的各种哲学都想回答这一问题。就其“高贵哲学”的彻底性而言，东、西方两极泾渭分明，西方以尼采为代表，他旗帜鲜明地自问自答：“什么是高贵的？对等级的信仰。”尼采把贵族社会的等级之分、尊卑贵贱之分视为高贵的源泉，也视为高贵哲学的基石，把高贵献给拥有特权的“高等人”。曹雪芹正相反，他以禅宗的“不二法门”和庄子的齐物哲学完全打破尊卑贵贱之分，把高贵献给一切诗意生命，特别是献给等级社会中的奴隶、戏子等“下等人”。像晴雯这样的女奴，作者让主人公歌颂她“其为质则金玉不足喻其贵”。曹雪芹不像尼采那样着眼于意志尤其是权力意志，他只着眼于心，尤其是自然纯净的本心，所以尽管在等级社会中“身为下贱”，但可以“心比天高”，高贵不高贵全取决于心，而不是取决于等级分野和权力意志。人类社会最终会发现，东方的高贵哲学才是真理。

224

鸳鸯自尽之后，其魂魄进入太虚幻境，并与秦可卿的灵魂相逢。两人的一番对话，与曹雪芹的少女不嫁而免于变成“死珠”的思想相符，可视为《红楼梦》的情本体哲学。此哲学明示，未发之情最真最美。曹雪芹和高鹗把情与欲分开，也把情与淫分开，认定未沾上淫欲的情才是至美之情。美的发生是自然的人化，从欲提升为情，是内自然的人化。鸳鸯的情，是升华了的情，她未经“传情入色”的过程，就直接由情入空，从未被色所染，因此是最纯粹的情，所以警幻仙姑让她掌管痴情一司。曹雪芹的审美理想是多元的，鸳鸯也是其中一元，属于最完美的不带任何瑕疵、任何缺陷的一元。

225

《水浒传》没有眼泪，连李逵讲述返乡寻母而母亲却被老虎吃掉的悲惨故事，英雄们也只有一阵笑声，没有眼泪。《三国演义》有些眼泪，但泪的真假难辨。诸葛亮在周瑜死后到吴国去吊挽，是小说中哭得最伤心的一幕，但其眼泪是假的。内心高兴到极点，哭声也响亮到极点。而《红楼梦》却布满眼泪，女主人公林黛玉本身就是个泪人，她为“还泪”而来到人间。贾宝玉在心爱之人死亡之后都有大哭泣。甚至连被一些读者所鄙薄的贾珍，也并非就是假人，他在秦可卿死时，也哭得像“泪人”一般。在《红楼梦》中，贾珍因为有泪，显得与贾赦、贾蓉等不同，所以不可用“好色之徒”“色鬼”等概念把贾珍简单化，他是一个也有真情感的圆型人物。

226

《红楼梦》叙事中，对薛蟠刚娶来的妻子夏金桂作了如此评介，说她“爱自己尊若菩萨，窥他人秽如粪土”，又说她“外具花柳之姿，内秉风雷之性”（第七十九回）。这是作者对人性的深刻洞察。

“爱自己尊若菩萨，窥他人秽如粪土”，是一种普遍人性。此种性情并非夏金桂一人所具有。人应当有自尊心，但不可唯我独尊，更不可对自己尊如菩萨，要他人也对自己敬若菩萨，奉若神明。唯我独尊的人，不会尊重他人的尊严，肯定视他人为粪土，一体两性，历来如此。这种“爱自己尊若菩萨”者，一旦成为“家长”，则为一家之暴君，视家人为奴隶；一旦成为帝王，则为一国之暴君，视百姓为猪狗；一旦君临天下，则横扫一切，视人类为草芥。

夏金桂的性格，是容不得任何人的性格。贾府上下人人敬爱的薛宝钗容不得且不说，连最单纯最善良的香菱，也容不得，最后把她置于死地。香菱是人人怜爱之人，唯独夏金桂不能怜爱。一个把自己尊如菩萨的人，恰恰离菩萨最远，不仅没有佛的慈悲之心，连人的不忍之心也没有。向来都说中国男人常具专制人格，而女人也有如夏金桂者，一旦专制起来，其风雷之性、狼虎之威、蛇蝎之毒全都具备。

227

薛蟠将娶夏金桂为正房妻室时，身为小妾的香菱竟一点也不知“醋意”为何物，不仅如此，还兴高采烈地为夏氏的过门喜事而奔走，甚至对宝玉说：“我也巴不得早些过来，又添一个作诗的人了。”面对如此单纯而充满幻想的香菱，宝玉提醒道：“虽如此说，倒只我倒替你耽心虑后呢。”香菱听了，不觉红了脸，正色道：“这说的是什么话！素日咱们都是斯抬斯敬的，今日忽然提起这些事来，什么意思！怪不得人人说你是个亲近不得的人。”一面说，一面转身走了（第七十九回）。

宝玉“卤”，香菱比宝玉还“卤”；宝玉单纯，香菱比宝玉还单纯。但这一回是宝玉对了，他对香菱说了真话，还惹得香菱抢白他一阵，好心碰了一鼻子灰。此事也说明，对人世间的帝王将相说真话难，对自己的友人、亲人、恋人说真话也不容易。

夏金桂嫁到薛家成为薛蟠正室妻子时，才是一个十七岁的花朵似的姑娘，但是，一旦野心膨胀，风雷之性发作，竟把薛氏一家搅得天翻地覆，把薛蟠整治得时而像狗熊时而像疯子，把薛姨妈整治得“暗自垂泪，怨命而已”，把香菱整治得丫鬟不如，一身是病，最后还想拉薛蝌下水，企图毒死香菱。她年纪很轻，可是机心很深，手段狠毒，什么计谋都敢用，什么阴谋都敢使。狮子之凶心，狐狸之狡猾，蛇蝎之阴毒，应有尽有，可谓“万物皆备于我”。

《红楼梦》的这一形象暗示：人性的善可以扩展到无限，人性的恶也可以膨胀到无限。即使是一个未曾经历人世太多沧桑岁月的女子，也具有恶的无限可能性。人需要自救，需要通过修炼、教育、法律限制恶的生长，否则只能像夏金桂这样，要么自掘坟墓，要么无穷尽地危害人间。

229

读了《红楼梦》,自然会记得贵族府中的一群“诗人”:贾宝玉、林黛玉、薛宝钗、史湘云、妙玉、探春、李纨、薛宝琴、香菱等,但常常会忽略这些诗人又是精彩的“人诗”,即她们不仅是作诗的人,而且其生命本身就是一首精彩的诗。包括不会写诗的晴雯、鸳鸯、尤三姐、芳官等也是精彩的人诗。诗的性格,是真,是善,是美,人诗便是具有真善美品格的诗意生命。我们可以断言,《红楼梦》里的诗人是真正的诗人。如果说“文如其人”的命题值得质疑,文与人往往不相等,那么,《红楼梦》中的诗人,则是诗与人相等,诗如其人,人如其诗,诗如其行,行如其诗。以最末的一个初学诗人香菱而言,她不仅有作诗的纯粹性,而且有做人的纯粹性。当夏金桂即将进入薛家之门,一只扑向她的虎狼即将立在她的面前时,她还对她充满热情,以为“又添一个作诗的人”。她满心是诗,以为世界是诗,人人都是诗。贾府中这些诗人想不到诗中的功名,诗外的功夫,更想不到两百年后的诗人会把诗当作敲门砖,当作旗帜、炸弹与号角。

230

鲁迅很喜欢赫胥黎的一句话："人与人的差别常常比人与兽的差别还要大。"《红楼梦》主角贾宝玉和《水浒传》的主角之一的李逵，其差别就比人与兽的差别大。不是指外形，而是指心性。李逵路过狄家庄时，听狄公说起自己的女儿被邪祟霸占，李逵捉鬼却发现是狄公女儿与人通奸，他便无端地升起仇恨，抡起大斧把这两个恋中男女剁成几段，边喝酒边砍杀，在剁砍中得到最大的快感。而贾宝玉则把恋爱中的少男少女视为天地钟灵毓秀，以至崇拜"女儿"二字，给青春生命以最高礼赞和最高尊重。可惜中国的世人，总是视宝玉为傻子，视李逵为英雄。

231

平儿、香菱、宝琴这三个女子，是人人怜爱的女子，用当代的语言说，是没有争议的个个都觉得可爱的人物。但三个人的命运与处境不同。宝琴除了受宠爱之外没有任何曲折与坎坷。香菱则是一个颠沛流离、几乎无处可以立足的不幸者。平儿则是生活在险恶环境中能够化险为夷的特殊生命，她能平衡各种人际关系，却没有世故与圆滑。她直接表明的哲学是“得饶人处且饶人”（第五十九回）。

饶人，便是宽恕、宽容、宽厚。被人伤害之后有了“饶”字，是放下仇恨，放下报复。“饶”之难是不伤害他人却往往带来自伤，自己必须躲在角落里舔平自己的伤痕。平儿就暗自舔伤过。香菱之可怜，是连饶人的机会都没有，甚至连暗自舔伤的地方都没有。被薛蟠无端打了一顿之后，薛姨妈想把她卖出，幸而宝钗把她留在身边。她饶了人而他人却不饶她。

《红楼梦》中有两类“斗”的形态，一类是钩心斗角的利益冲突，用的是机谋、计谋、阴谋，王熙凤的“机关算尽”，皆属这种斗争。人的智慧发生变质，也多半是因为落入这种争斗。另一类则是诗意的比赛竞赛，这是超越功利的游戏。如对点子、斗诗、斗字、斗草、斗猜谜等。同在第六十二回中，宝玉、宝钗、湘云等斗的是诗与字“对点子”，而香菱、芳官、藕官、荳官等则是“斗草”。

《红楼梦》寄托的梦之一，是人世间只留下这种斗诗、斗草游戏，这是诗意的竞赛，也是诗意的栖居。人的心灵也在这种“斗”戏中生长。梦的一面是结束“机关算尽”的你死我活的争斗，这种争斗的每一场都只能给自己和世界留下噩梦。走出王熙凤斗死尤二姐似的噩梦，走进君子竹与美人蕉的对应游戏中，应是曹雪芹的一种审美理想。

233

曹雪芹用大观的眼睛看宇宙看世界看人生，所以《红楼梦》是一部无限时间中的大叙事，宏观性、宇宙性的大叙事，不是一个时代一个社会的小叙事。每一生命个体，在大叙事中只是一个小小的标点，有的是问号，有的是感叹号，有的是句号。一个家族，一个朝代，虽然是大一些的标点，但也只是转瞬即逝的标点而已。在宏大的大叙事中，活泼的生命用自己的方式对待上苍，对待宇宙，理所当然。贾宝玉就是这样的生命，所以他拒绝被规定，拒绝在天地宇宙的无尽无限图画中去编造没有灵气的八股文章。

234

贾宝玉无我相，无我执，天生破一切执。与生俱来的“玉”是他生命的一种象征，但他动不动就想把它摔碎于地上，这也是破我执的本能行为。他与常人不同，生来就不执着于自己的世俗角色，不执着于“我是谁”的问题，甚至不执着于自己是男是女。如果他执于自己是个男性，便是“我相”“我执”。林黛玉在元春省亲时，还想表现一下自己的诗才，呈露一下我相——诗人相，而宝玉则全然没有，他不在乎亲姐姐的荣华富贵，仅以平常心对待一切，连他是皇妃的最亲的弟弟，也绝不着“国舅相”，一着相，便是我执。打破我执，需要棒喝，但宝玉无须外力的提示，无师自通地化解一切执着。

235

“盛筵必散”，是对自然规律的哲学把握。它从哲学上预告一种灭亡的必然，提醒人们不可有“万寿无疆”“永远健康”“永垂不朽”的幻想。这不是社会性的预告，而是宇宙性的警告，即不是警告一次聚会、一个强盛家庭、一个强大朝廷的必然衰落，而是告知一切都要衰老和死亡。《红楼梦》的意义不是告知一个贵族阶级必将死亡，而是告知任何灿烂辉煌、任何满箱金银、任何娇妻美妾都有一个消亡的必然。无可挽回，无可逃遁。不亡不灭只是梦。《红楼梦》做的是天地精华灵秀——青春少女不散、不灭、不死的梦。

236

读了《红楼梦》，再也不敢骄傲。面对如此巅峰，如此绝顶，只能永远高山仰止，永远谦卑。

读了《红楼梦》，又赢得骄傲。面对人间同类中竟有如此美的生命，如此美的性情，怎能不骄傲？思想学问的精彩应到希腊、德国去观赏；人的精彩，尤其是女子的精彩，还是在中国的大观园里欣赏。

237

阅读《红楼梦》之后才知道什么叫作“不幸”。原来，不幸是追逐“好”而不知“了”，一生都为功名、财富、权力、娇妻、儿孙而殚精竭虑地争夺奔波，日日夜夜都充当它们的人质。

238

禅宗大师慧能知道每个人都愿意追求美好的东西，他只是告诉你，别找错方向，最美好的东西就在你自己身上，关键是你必须破除遮蔽层与覆盖层。《红楼梦》布满禅思，它告诉你，这遮蔽层与覆盖层就是你正在追求的功名、金银、权力、概念等等。

239

《红楼梦》给我最大的帮助，是它以意象语言力量，帮助我破一切“执”：在破我执、法执的总题下，又破功名执、概念执、方法执，此刻我如此轻松地谈论《红楼梦》，也是破执的结果。

240

爱上《红楼梦》之后，总的感觉是人生轻松了很多，不是不努力的轻松，而是放下许多负累的轻松。妄念之累，分别之累，执迷之累，所有的负累都汇成心累。伟大的小说让我放心，便是让我放下心累。

241

《水浒传》说劫富济贫，争的是物；《三国演义》讲皇位正统，争的是权；《金瓶梅》写妻妾成群，争的是色。《红楼梦》开辟一个轻物质轻权力而重情感重精神的伟大传统，完成了一个自色悟空、从外向内转变的伟大人文使命。

242

贾宝玉见了甄宝玉后很不满意，原想引为知己，谈了半天，却是冰炭不投，还骂甄是禄蠹。宝钗问他为什么，宝玉回答说："他说了半天，并没个明心见性之谈，不过说些什么文章经济，又说什么为忠为孝，这样人可不是个禄蠹么！只可惜他也生了这样一个相貌。我想来，有了他，我竟要连我这个相貌都不要了。"（第一百一十五回）贾宝玉把"明心见性"作为论人的关键性尺度，这就是禅宗的心性本体论。谈了半天，不见根本，倒是舍本逐末，可见只是同貌而不同心，太让人失望了。其实两人都有心脏的跳动，但佛家所要"明"的心，是真心，是本心，是本有之净心。这个心，不是物质，不是头脑，不是本能，不是工具，它是人的情感本体、情感源泉。贾宝玉的一切都发自内心，而甄宝玉的一套语言则发自心外的遮蔽层与覆盖层，所谓文章经济便是真心的覆盖物。所以贾宝玉一听，便知甄宝玉是无心无明之辈，和自己不是一路人。心不同，道也不同。

243

曹雪芹是一位通观万物、通审万有的大美学家，他发现功名没有美学价值，权力没有美学价值，财富没有美学价值。唯一有审美价值的是尚未变质、尚未衰败的生命，尤其是青春少女的生命。

244

海棠诗社结社之初，诗人们都起个别号，宝玉要大家替他想一个，宝钗笑道："你的号早有了，'无事忙'三字恰当的很。"之后，又替他想了一个"富贵闲人"。两个"笔名"都很妥帖。后者我在《红楼人三十种解读》里已作注疏，而"无事忙"这一名号也有哲学意蕴，它并非人们通常所想的以为是指没有事情可做，瞎忙乎。宝钗笑中当然也有这一层意思，但深一层的"无事忙"，则是指无事于心，不将（牵挂过去）不迎（等待未来），小计小较，如梁漱溟所言："心里无事便是当下。人心本不着在一物上。小孩之一片天机，他时时是现在，时时未跑开，他的心完全未想旁的事。”无论是“无事忙”，还是“富贵闲人”，都是精神贵族的特点，也都是禅宗所倡导的“放得下”的人生态度。贾宝玉“赤条条无牵挂”，心思不着世俗的功名利禄，前无仕途经济，后无恩仇记忆，总是小孩的一片天机。他无“当下”的概念，却是“当下哲学”活生生的体现。

245

林黛玉吟诵《葬花吟》时，只有一个人倾听，这是为之恸悼的贾宝玉；宝玉吟诵《芙蓉女儿诔》时，也只有一个人倾听，这是林黛玉。知音者便是倾听者。倾听，才不是敷衍；倾听，才是身心的投入；倾听，才是沉浸；倾听，才是真审美和真敬重。

246

聪明不一定能自救。王熙凤聪明到极点，但聪明使她愈变愈坏。

247

贾宝玉具有绝对的真，绝对的善，但仍然有人对他恨之入骨，如赵姨娘，就想借魔法把他置于死地。因此人不可以心存免受委屈、免受打击的幻想。

248

宝玉与世人不同之处，是他天生拥有玉石还嫌累赘，他只把玉石佩戴在胸前，而世人则把玉石放在心里，整个灵魂被金玉财宝所抓住。

249

宝玉被父亲打得差些丢了小命仍无怨言，少女们几滴眼泪就足以治疗他的伤痕。此种态度可解说为呆，为孝，但最贴切的解释是这个人对肉体缺少感觉，对精神情感却敏感到极点。让许多世人“惊心动魄”的事件，对于宝玉却好像什么也没有发生。

250

曹雪芹通过各种意象提醒人的最终结局是一具骷髅、一个土馒头（坟墓），全为了提醒你应当按照你的本真天性去度过一刹那的人生。

251

读者喜爱贾宝玉，并不是喜爱他的聪明伶俐，也不是喜爱他的浪漫好色，而是喜欢他的“呆头呆脑”，正如探春所说的，他是个“卤人”。自始至终在内心中保持着“卤”，保持着天生的一片混沌。常人都懂得仇恨、嫉妒、算计、虚荣等，但他对这一切永远也不开窍。

252

人的最美好的特质，与动物不同的高贵品格，都集中在青春少女身上，尤三姐的自刎，鸳鸯的自绝，林黛玉、晴雯的自伤，这才是美，才值得骄傲。人不可以为自己占有大量财富而骄傲，不可以为占有无限的权力和名声而骄傲，但可以为“美”而骄傲。《红楼梦》的价值观，永远颠扑不破。

253

贾宝玉的人间之旅显示，人要按照自己的本性去生活是一件极其困难的事情。人类离本真之我已经很远，竟以为活在八股与圣贤的概念之中才算正常，按本真生命去思去做反而不正常。“孽障”“祸胎”“蠢物”等一大串帽子，都是给宝玉似的赤子准备的。

254

林黛玉虽不断流泪，但她的眼泪只献给一个人、一种情、一颗心灵。宝玉的眼泪虽献给所有无端消逝、无端被摧残的青春生命，但他从来不为自己的所谓“失败”“挫折”“损失”哭泣。

255

对那些比自己美的人，他衷心地激赏（如对秦钟）；对那些比自己有才华的人，他热烈鼓掌（如海棠社赛诗时为胜利者叫好）；对那些比自己贫寒的人，他全身心关怀（如对刘姥姥胡诌的茗玉）。黛玉问他：何为至宝？他回答不出。其实，贾宝玉身上的无价之宝，就是他的彻底善良的心性。托尔斯泰曾说，我不知道，除了善良之外，还有什么优秀品性。

256

把王熙凤说成恶人，太本质化，尽管她确实常常作恶。人的生命丰富而多彩，所以不可本质化。本质化就是简单化。说《红楼梦》无善无恶，是说它具有一个比道德境界更高的宇宙境界，在更高的精神层面上把握善恶一体和善恶的转化，而不是说，它不把恶视为恶。

257

佛眼，说到底是超势利之眼；佛性，说到底是超势利之性。佛的不朽是它超越一切阶级、等级之分，把平等的目光投向苦海中的众生。贾宝玉的性情之美，是兼有人性佛性之美。

258

心灵也是宇宙。相对于外宇宙而言，这是内宇宙。《红楼梦》作为内宇宙，是一个灿烂的星空，这里有名叫宝玉、黛玉、妙玉、湘云、宝钗、晴雯的星球，也有名为悲欢歌哭的阴阳聚散与风云变幻，更有天际的大洁净与大光明。心中有此星空，生活便有另一番风貌。

259

人可以有缺陷，但不可以让人恶心。《红楼梦》中的贾蓉，舔着尤氏姐妹唾沫星子的贾蓉，就是这种恶浊人。

260

林黛玉到人间来，固然是来“还泪”，但也是来拆除人的面具的。她的率性，就是对面具的撕毁。她的缺点是喜戴面具的人类眼中的缺点。而在真性情的宝玉眼中，她恰恰是一个完整人和一个人间面具的拆除天使。

261

王夫人手不离佛珠，可是心离佛最远。她对晴雯、金钏儿下此毒手，不仅把两个女子推向死亡，也把自己推向离佛十万八千里的黑暗深渊。

262

贾迎春，一个最懦弱的“懦小姐”，偏偏在两家权力的主宰下嫁给一个最强悍的中山狼，终于被狼吃掉。这就是人世间的荒诞。《红楼梦》作为一部荒诞剧，其荒诞性不是哲学思辨，而是迎春与狼共卧的这类现实属性。但蕴含在这种属性中的内容仍然有哲学。这种哲学是对权力意志的嘲讽和抗议。尼采的哲学正相反，他把权力意志视为存在的最内在的本质，把善界定为权力意志和权力本身，而把恶界定为“一切源自虚弱的事物”。面对迎春走入狼穴一事，他一定会讴歌中山狼，嘲笑“懦小姐”。然而，这种讴歌将更是大荒诞。说到底，尼采的哲学是疯人哲学，曹雪芹的哲学才是正常人也是智慧人哲学。

263

《红楼梦》第一回就讲“无中生有”。无中生有，在哲学上是深刻的命题，在伦理学上则是不可实行的反动命题。在哲学上，无中生有，是确认“无”是万物万有的本源，是第一因，也是人的第一故乡，最初与最后的真实。所有的美好的东西都从那里获得。在伦理学上，最高的善是诚实，骗子是伦理学的第一批判对象，这门科学严禁无中生有。

264

在云空中静思，才觉得不断阅读《红楼梦》乃是一种缅怀、一种向往、一种依恋。原来，故国文化进入自己内心最深处的是《红楼梦》，自己最倾心、最眷恋、最难遗忘的是这部伟大小说中的诗人与诗国，痴情与纯情。许多经书典籍，拿起来又放下，唯有《红楼梦》拿起来后再也放不下。走过许多山、许多水，山间曾有欢乐，水上曾有嬉笑，但带给自己动心的“至乐”的，却只有大观园里的青春共和国。

265

宝玉对芳官说，对待祭奠祭拜的对象，不在于虚名，而在于“一心诚虔”，以“诚心”二字为主（第五十八回）。强调一个“诚”字，也说明宝玉不是简单的反儒派。因为“诚”字乃是儒家思想的内核，朱熹说他的全部学说讲的也不过是“正心诚意”四个字。

贾宝玉讲“诚”，其实，他本身就是诚的化身。在他身上，承载着“诚”的全部意味：道德意味、哲学意味、宗教意味、艺术意味。他所以感人至深以及《红楼梦》所以感人至深，就是在他的身心和小说的整部文本全浸透着一个“诚”字。“诚”字是打开宝玉心灵的金钥匙，是打开《红楼梦》深层门窗的金钥匙。伟大作家曹雪芹所创造的也将永远立于中国精神大地的贾宝玉形象，他是诚的大写的象征，他的名字和他的心灵内容，就是中国深层文化的实理、实体、实在和本体。曹雪芹为中国立心，为世界立心，为天地立心，立的就是一个剥掉全部虚伪外壳的“诚”字。

266

贾宝玉在讲“诚”时，特别提到纸钱“不是孔子遗训”，并说“一心诚虔，就能感应”（即诚可通神通天），显然，他也认为孔子讲诚不是表面文章，而是心诚，也承认“诚者，天之道也；诚之者，人之道也”（《中庸》），在哲学上确认“诚”为道体。可见，他虽是“槛外人”（异端），但他只是拒绝儒家的典章制度和“非礼勿视”一类意识形态的异端，并不是孔子诚之遗训的异端。对于孔子思想深层中的“诚”，他不仅心领神会，而且贯彻到自己的全部行为和语言中。

267

王国维作为借用西方哲学参照系审视《红楼梦》的先驱者，他选择的第一个参照系是德国的叔本华。这位德国哲学家的千言万语，就告诉我们一个哲学真理：人没有那么好。我们作为阐释者，可补一句：人没有文艺复兴时代的思想者所说的那么好。因为人已被魔鬼——欲望钻入身内心内，并且永远无法满足它与战胜它。人作为魔鬼的人质与俘虏，注定要扮演悲剧角色。曹雪芹比叔本华更早发现这一哲学真理，看到男权社会的主体——男人们没有那么好，他们个个的肚子里都深藏着一个忘不了功名、财富、权力的魔鬼，同样也无法满足它与战胜它。但曹雪芹还发现世上也有一部分人确实好，如林黛玉等青春少女，她们是不许“臭男人”即魔鬼沾边的。曹雪芹、叔本华和自杀的王国维都是悲观主义者。因为悲观，所以深刻。但曹雪芹在黑暗王国又看到“女儿”的一线光明，更为深刻。

268

王熙凤被李纨称作“玻璃人”（第四十五回）。所谓玻璃人乃是强硬其外、脆弱其中的外强中干之人，相当于当代人所嘲讽的“纸老虎”“泥足巨人”等。王熙凤在听到抄检贾府的消息时，吓得死厥过去。平常时，她受宠于贾母，掌权家政，颐指气使，不可一世，但事实证明，这个外表最有力量的人，内里却最没有力量，口力有余而心力不足。这是为什么？除了她贪赃枉法做贼心虚之外，还有一个根本原因，是因为她生来机关算尽，什么也放不下，什么也看不透，没有真知识、真智慧。放不下看不透的人其实最怕死，最脆弱。在灾难和鬼神面前，宝玉比凤姐显得有力量，满不在乎，这除了他心实（从不做坏事）之外，还因为他早已看透权力财富这些幻相。赤条条本就来去无牵挂，即使贾府倒塌，也不过如此。

269

贾宝玉内心向往的“梦”，是空而无的梦？还是空而有的梦呢？其憧憬的诗意栖居是无还是有？他与黛玉不同，喜聚不喜散（黛玉则是喜散不喜聚）。他所喜的聚，有世俗状态的聚，有诗意状态的聚。所谓空，虽然排除世俗负累，但不可能完全排斥世俗栖居。所以贾宝玉在排除世俗负累之后仍然活在现实的地上。他的可贵是在世俗聚会时又有所超越和飞升，努力寻求让心灵丰富与人生丰富的诗意之聚，所以才热衷于办诗社，追诗情，享受独一无二的人生，不离生存本义，又追求存在意义。他看破人生又眷恋人生，说明他梦的是空而有，而不是空而无。

270

用哲学语言表述，孔子学说的重心讲的是“自然的人化”，而庄子学说的重心讲的是“人的自然化”。从动物变成人，从不讲伦理、只讲欲望的野蛮人变成文明人——讲仁、讲义、讲礼的人，这是自然的人化。有了这一前提，才可讲人要反抗礼教、反抗束缚、反抗伪道德。《红楼梦》中人如薛蟠、贾蓉等，其实尚未完成人的进化即未完成人的自然化，而黛玉、宝玉则是在充分人化以至心灵精致化之后才反抗八股文章与虚伪道德束缚。他们的反叛是充分人化之后的反叛，是拥有高度心灵原则之后的谋求意志自由，是在实现“自然人化”大前提下的谋求生命自然。贾政掌握不了这种哲学区分，他开口闭口的“孽障”，用于骂薛蟠、贾蓉等可以，用于骂宝玉则不妥。

271

死无法把握，只可知死的必然，但不可知死于何时、何地，以及死后是否还有灵魂。因此，死比生带有更多的神秘性。《红楼梦》人物从秦可卿到晴雯均是活着时真实，赴死的时候更真实。她们都在临终前的一刻，说了最真实、最想说的话。海德格尔确认人在赴死时最真实，唯有此时存在才充分敞开。曹雪芹早已如此思索，哲学的锋芒早已射到死前的瞬间。但他与海德格尔不同，他不崇尚死亡，更不崇尚毁灭，只为生命的毁灭而悲伤，而海氏哲学则可以鼓动士兵去赴死。曹氏哲学的指向是不怕死又珍惜生命。

272

探索《红楼梦》哲学，其无穷乐趣与无穷意义是探讨一位人类的天才，一双最真最美的眼睛，一个最有灵性悟性也最有人情人性的大作家怎样看宇宙、看世界、看人生。通过求索，可把蕴含于精彩叙述中的哲学视角、审美视角开掘出来，以启迪我们的眼睛，我们的耳朵，我们的“六根”。曹雪芹通过最美的形象意象，借助举世无双的少男少女，把哲学还给人，还给生活，让哲学意象化，具体化，让哲学玄而不玄，空而不空。《红楼梦》启示我们：哲学并非知识，并非学问，并非科学，并非认识，它是对话，是观照，是把握，是交汇，是统领人生的智慧提纲。

273

《西游记》展示的宇宙秩序是政治秩序，天上的宫廷与人间的宫廷没有两样。《水浒传》暗示的宇宙秩序是道德秩序，天罡星与地煞星暗示的是善与恶；从孔夫子、董仲舒到现代新儒家描述的宇宙秩序也是道德秩序。而《红楼梦》所呈现的宇宙秩序则是审美秩序。其天上警幻仙境的主体是美人美女子，其境遇乃是情天情海，其主体的功能是“司人间之风情月债，掌尘世之女怨男痴”，其天际宫门的对联是：“厚地高天，堪叹古今情不尽；痴男怨女，可怜风月债难偿”。这一宇宙图像，是以人（少女）为主体，以情为本体的审美图像，这一图像是对道德秩序的颠覆，警幻仙姑对人间来客贾宝玉说：我爱你是“天下古今第一淫人”，她劝宝玉“留意于孔孟之间”则是对道德秩序的反讽。但嘲讽的只是伪道德，并非真道德。《红楼梦》的审美秩序是超道德秩序，不是反道德秩序。贾宝玉的“意淫”正是地地道道的审美。

274

看空看透并不是消极，更不是沉沦。看空看透是如《好了歌》所暗示的把功名、财富、权力看破看穿，一旦看穿，再活下去，就无世俗重担而活得更自由，更积极，更有力量。贾宝玉和贾政谁更有力量？是拿着棍棒痛打宝玉的父亲，还是被打了之后无语无言无相的儿子？俗人布满天下，个个都在宫廷皇帝面前拜倒战栗，唯宝玉有力量不在乎宫廷皇妃，也唯有他敢笑“文死谏”“武死战”的文臣武将，有力量拒绝八股文章和僵化科场的诱惑。曹雪芹本人则在看透看破之后，产生了伟大的创作力量，建构了中国文学和人类文学的不朽经典，书中蕴含的天地元气，乾坤大气，空前绝后，其雷霆万钧之力将会磅礴于千秋万代。

275

哲学不同于思想至少有两点：一是哲学必有视角（思想无须视角）；二是哲学总是致力于把握永恒（思想一般仅着眼于时代）。《红楼梦》“以道观物”（庄子语），即用道的视角观物，便无分别，泯是非，齐善恶。严复说：“格致之事，以道眼观一切物，物物平等，本无大小、久暂、贵贱、善恶之殊”（《严复集》）。所谓道高无正邪，便是用道眼看人间，也人人平等，无正教邪教之分，无君子与小人之别。宝玉与薛蟠、蒋玉菡为友，在贾政看来，是走邪门歪道，但在曹雪芹眼中，却是平常道，佛性大道。《红楼梦》中充满着生死、阴阳、聚散、有无、好了、色空等哲学思考，这是《易经》时代的问题，也是今天与未来的永恒问题。

276

说《红楼梦》是伤感主义的作品，没有错。从文学上说，仅仅林黛玉的流不尽和还不清的泪就足以说明，更不用说晴雯、鸳鸯等的死亡带给宝玉的悲伤。但从哲学上说，其伤感的本质则是至真至美之情在时间中的暂时性与有限性。人生如此短暂，有情人共同创造的恋情痴情如此脆弱，有什么比至亲至爱之人的消失更值得哀痛？有什么比曾经活着的诗意生命的永远离别更值得缅怀？《红楼梦》正是把曾经存留在时间中与记忆中的痛惜心理情感，化作历史的本体与宇宙的本体，从而抵达永恒。所以有心人读《红楼梦》，总要读出“珍惜”二字。

277

贾宝玉跟王熙凤的口才都好，但是其语言却有不同的质。后者口若悬河，但真假难辨。她对贾瑞说的话全是假话，但贾瑞信以为真，结果上了死当。她对尤二姐说的话，也全是假话，而尤二姐不知其假，也上了死当。她的巧言令色，连丈夫贾琏都分不清其真假，更何况老实懦弱的尤二姐。王熙凤对贾母说的许多帮闲的奉承话，其中有真有假，虚虚实实，贾母是个聪明人，即使明知是假，也认假为真，能取乐就好。王熙凤的语言，用当今的概念说，属于外交辞令与谋生工具，而贾宝玉的语言则句句坦白率真，他发自本心，出乎真情，是生命血脉跳动流动的一部分。语言的“复归于朴”，不是摒弃文采与情趣，而是回到贾宝玉式的这种发自质朴内心的声音，拒绝王熙凤的“吞云吐雾”。二十世纪语言学把语言说成是“存在之家”，虽属夸张，但如果是指发乎本心之处的语言，倒也可以成立。出自本心的语言也是最后的一种实在。

278

曹雪芹具有深厚的哲学思想，却不是玄学家，他不追问什么是“无上究竟”，老子的无极，朱熹的太极，黑格尔的绝对精神，康德的物自体，《圣经》中的上帝，都是无上究竟，而《红楼梦》则只把“女儿”二字当作无上究竟。地上的大观园，天上的太虚幻境，上天下地唯有女儿是至真至美的本体。西方的《圣经》以上帝为最高本体,他的儿子基督是本体的化身。而曹雪芹的“文学圣经”则以宇宙的协同共在为本体，它的钟灵毓秀形成的女儿，是本体的化身。“女儿”象征的是宇宙间的无上究竟，乃是难以名状的大美与大洁。

279

曹雪芹如何定义人？通观《红楼梦》，大体上可以如此把握，他是把人视为以天为眼（视角）、以己为体（以人自身尤其是人之情感为本体）、以物为用的存在。他不以肉眼俗眼看人，而以天眼道眼即大观的眼睛看宇宙人生；他以女儿为至尊为根本，便是以人为根本。他在晴雯撕扇子时发表的那一番话（说扇子撕了也无妨，一物可多用，扇子既可以作扇风用，也可以作取乐用），便是以人为主体，以物为用具的哲学。庄子认为人的悲剧是只有肉眼物眼而没有道眼，所以总是神为形所役，人为物所役，颠倒了本末。曹雪芹也作如是观，也不断揭示人的“情意”我被“形骸”我所役，所以总是压抑真情真性而汲汲于功名利禄，不明白最可珍贵的一切不在物中而在心中。《红楼梦》中唯有主人公宝黛二人真正明白己为体，物为用，因此，他们的心灵赢得了别人所没有的自由。

280

宝玉离家出走后，皇帝赐予他一个“文妙真人”的称号，让贾政们得到许多慰藉。尽管此号并不通（因真人不是世俗角色，无所谓文妙不文妙），但宝玉倒是具有常人难以企及的“真”。他除了有真情之外，还有一种容易被疏忽的“真知”。古希腊哲学家把知人——知道你自己，视为哲学的最高问题。而宝玉便是贾府内外唯一有自知之明的人，唯一承认黛玉宝钗是比自己“先知”的人，也是唯一承认自己乃是“浊人”的人。苏格拉底强调的“自知其无知”乃是人类哲学的第一真命题。因此我们可以说，自知其无知，是真知；自明其未明，是真明；自净其不净，是真净。从这个意义上说，贾宝玉倒是名副其实的真人。